文学研究における継承と断絶

―関西支部草創期から見返す―

日本近代文学会関西支部編

いずみブックレット 5

和泉書院

◉目次◉

日本近代文学研究の転回点から〈企画のことば〉

浅野　洋

近畿大学の浅野です。皆様のお手元にあります〈企画のことば〉が私の署名になっております。この企画の言い出しっぺとして責任を取らされ、壇上に登っております。

唄は世につれ…ではありませんが、文学研究の方法にも〈時流〉があって何の不思議もありません。新しい時代は新しい器に盛るべきだとも言えます。とはいえ、近年の研究状況は、知ってか知らずか、現下の立脚点となった「近過去」の積み重ねにあまりにも冷淡にすぎるのではないかと、高齢者の入り口に立った私などにはそう思えてならないのです。新しい研究方法のほとんどが外来の輸入概念やカタカナによるテクニカルタームで覆われたもので、むろん外来のものが悪いというわけでは毛頭ありませんが、その出自があまり検証されないままに、〈時流〉に乗り遅れまいとして次々と消費されているという感が否めません。

その結果、それ以前の方法や成果―たとえば昭和四十年代や五十年代の近過去―を無視あるいは没却しすぎる弊に陥っているのではないでしょうか。換言すれば、今日の研究シーンの原点となった〈出発点〉、いうなればみずからの〈足元〉に対する注視を、あまりにもなおざりにしすぎているのではないでしょうか。

ひとくちにいえば、研究方法の更新とは常に〈継承と断絶〉の争闘の歴史です。文学研究の重要な柱のひとつがテクスト（作品）を包摂する広義での〈歴史性〉の発掘や意味づけにあるとしたら、我々の研究方法それ自体にもまた〈歴史性〉が刻印されているはずです。歴史を忘れた研究方法は必ずや歴史に復讐されると私は思っています。その意味で、今回のシンポジウムは、研究や方法の〈歴史〉の一端を見直そうという趣旨です。題して「文学研究における継承と断絶―関西支部草創期から見返す―」。今年がちょうど支部創設三十周年という節目を迎えていることもありまして、我々の活動の足場である関西支部の〈歴史〉を想い起こし、そこから現在の研究状況に至る〈歴史性〉を見返そうというわけです。

本日はシンポジウムというフラットな立場で語り合う仕掛けですので、まことに畏れ多いのですが、私は「先生」という敬称を自らに禁じさせていただきます。お一人目のゲスト、三十年前の関西支部発足の創設メンバーである谷沢永一さんは、近代文学研究が大衆化する呼び水ともなった〈作品論〉隆盛の時期、そのリード役であった三好行雄さんや越智治雄さんらに対して関西の地から鋭い「牙」を剝き、厳しい「紙の飛礫」を投じて「方法論論争」（昭51～53）なる大きな波紋を呼びました。お手元にその論争をめぐる簡略な年譜をお配りしてあります。関西支部はその余燼がくすぶる中で創設されています。下衆の勘ぐり風にいえば、関西支部創設もこの論争の経緯と関係があるのではないかと思う次第です。もうお一方のゲスト、北村透谷研究で出発し、芥川や独歩や漱石に関しても精力的な成果をあげつつ、明治の〈日露戦後〉を軸とする「文学史」を構築し、「〈夕暮れ〉の文学史」を紡いだ平岡敏夫さん。自らを「文学史家」と位置づける平岡さんは、かつての「方法論論争」において谷沢さんと応酬を交わしつつも、関西支部創設二十周年の際にはその記念講演を快諾されましたように、関西支部とは浅からぬ縁がございます。ついでに申せば故前田愛さんがやがて『都市空間の中の文学』（昭57）にまとめる一連の仕事も、実はこの「方法論論争」を横目に見てのことだったという事実もなかなか興味深いものだと思います。関西支部はそうした近代文学研究の一つの大きな転回点とともに誕生したのです。

仄聞するところでは、學燈社の「國文學　解釈と教材の研究」（以下、「國文學」と記す）が休刊になりました。

月刊だった岩波書店の「文学」も季刊や隔月刊になって久しいところです。グローバル・スタンダードや学際的研究の声が喧しい中、そうした掛け声と決して無縁ではない市場原理主義、あるいは金権至上主義が進行する中、日本文学研究の主要な発表舞台がこのような気息奄々の状況に追い込まれているわけです。そうした中、近代日本文学の研究は今後どうなっていくのか、そんな問題を目前にして、我々がなしうる第一歩は、まず〈足元〉、すなわち「近過去」の歴史を問い返すことではないでしょうか。

その「生きた歴史」の渦中にあった御二人の先達から、当時の思い出とともに研究や方法に関する話をジックリ聞きたいと思うわけです。管理色の濃い〈東京方式〉とは異なり、お二人の講演ののちは、フランクな座談形式をもって対話を進めたいと考えております。進行役を兼ねる壇上の三名（太田登・田中励儀・浅野）に限らず、会場からの自由・活発なご質問・ご意見を望みます。制限のゆるやかな〈関西風ダラダラ学会〉を提起したゆえんです。

以上をもって、シンポジウムの趣旨説明とさせていただきます。

※続いて、配布資料（5〜8頁）について簡略に説明。配布資料Ⅰの方法論論争の参考文献リストは谷沢氏の『牙ある蟻』に出てくる関連文献を時系列に並べて多少加筆したもの。Ⅱの関連研究書はその論争と直接・間接に関わると思われる研究書のリスト。Ⅲは関西支部創設史。Ⅳの『署名のある紙礫』は方法論論争の過程で谷沢氏が批判をより徹底させた文章の数々。その内容を「注」として簡略に紹介。Ⅴの大岡・江藤論争は直接には方法論論争と無関係にみえるが、時を同じくして交わされた論争で、方法論論争と通底する問題があると思い、掲げた。その左に列挙した平岡氏の『漱石序説』以下の漱石関連の書物はその頃出版された漱石関連のほんの一部。作品論隆盛と並行していかに大きな漱石ブームがあったのかの一端を示した。

（シンポジウム当日配布資料・浅野洋作成）

関西支部創設期と〈方法論論争〉の周辺

Ⅰ 方法論論争

昭51・2　橋詰静子「『透谷全集』校訂上の諸問題」（「目白国文」15号）
昭51・1　谷沢永一「署名のある紙礫」連載開始（「評言と構想」第4輯）
昭51・5・15　日本近代文学会春季大会　シンポジウム「批評と研究の接点」（大妻女子大）司会吉田凞生、前田愛、谷沢永一、磯田光一→「日本近代文学」第23集（昭51・10）＋「シンポジウムをめぐって」高田瑞穂・木村幸雄・鳥居邦朗
昭51・9　猪野謙二・大津山国夫・高木文雄ら感想（「日本近代文学会会報」44）
昭51・11　山田有策「文学史における〈辺境〉―近代文学研究についての雑感―」（「日本文学」）
昭51・11　三好行雄「文学のひろば」（「文学」）
昭51・12　羽鳥徹哉「近代文学研究における資料と目的と方法」（「武蔵野文学」24）
昭52・1　谷沢永一「文学研究に体系も方法論もあり得ない」（「文学」昭51・12）
昭52・1　三好行雄「誤解を解く―「評言と構想」第6輯を読まれた諸家へ」（「評言と構想」第8輯）
昭52・2　平岡敏夫「学界時評」（「國文學」）
昭52・2　三好行雄「〈文献学の恐さに無知な蛮勇〉について」（「文学」）
昭52・2　小田切秀雄「近代・現代文学史の構造をめぐって―いくつかの論点―」（「文学」）
昭52・2　大江健三郎「現代文学研究になにを望むか」（「海」）（昭51・11・26、学習院大学における講演）
昭52・2　吉本隆明「情況への発言―きれぎれの批判―」（「試行」47号）
昭52・2・26　無署名「水入り大相撲を期待」（「図書新聞」「話壇」）
昭52・3上旬号　香内信子「文献学の方法」（「出版ニュース」）
昭52・3　谷沢永一「方法論という幻影」（「文藝」「一頁時評」）
昭52・3・7　傍観者（匿名）「花ざかりの論争」（「日本読書新聞」「乱反射」）
昭52・3・11　言霊（匿名）「コップの中の文献学論争」（「朝日ジャーナル」）
昭52・3・28　柄谷行人「文芸時評」（「東京新聞」夕刊）
昭52・4　谷沢永一「文学研究を腐蝕するシニズムの構造」（「文学」）
昭52・4・2　小田切秀雄　談話「ニューズオブニューズ」（「週刊読売」）
昭52・4・2　磯田光一「文献学と想像力」（「読売新聞」東京版・夕刊）

昭52・5　柘植光彦「学問はどこに」（「文學界」発売は4月上旬）
昭52・4・13　阿Q（匿名）「学問論のすすめ」（「東京新聞」夕刊「大波小波」）
昭52・4・18　工事夫（匿名）「批評の方法と党派性」（「日本読書新聞」）
昭52・4・19　八卦見（匿名）「文壇・学界の乱戦図」（「東京新聞」「大波小波」）
昭52・4・20　栗坪良樹「編集後記」（「評言と構想」第9輯）
昭52・4、6　「侃々諤々」（「群像」）
昭52・5・2　証言者「論争の虚と実」（「日本読書新聞」）
昭52・5　三好行雄「応酬を忌避する」（「文学」）
昭52・5　蓮実重彦・柄谷行人「文学・言語・制度」（「現代思想」）
昭52・5・16　野島秀勝「想像力の〈政治学〉」（「日本読書新聞」）
昭52・5・30　森本修「近ごろ思ったこと」（「論究日本文学」40号）
昭52・6　大江健三郎「文学・その方法と総体ボディ」（「新潮」）（昭52・3・26、石川近代文学館における講演）
昭52・6　谷沢永一「真摯誠実な偶像破壊」（「無頼の文学」7、無頼文学研究会）
昭52・6・11　宮内豊「文芸時評」（「図書新聞」）
昭52・7　山口昌男（共同討議）「書物をめぐる書物をめぐって」（「現代思想」）
昭52・7・25　奇兵隊（匿名）「売れっ子批評家」（「日本読書新聞」「乱反射」）
昭52・7・25　森本修「日本近代文学―最近の話題―」（「立命館文学」384・385合併号）
昭52・7・28　柄谷行人「文芸時評」上（「東京新聞」夕刊）
昭52・8　谷沢永一「方法論的批評とはなにか」（「文學界」7月上旬発売）
昭52・8　村松定孝「国文学―近代・現代―」展望（『国語年鑑』秀英社）
昭52・9　河村政敏「学界寸評」（「国文学　解釈と鑑賞」以下、「解釈と鑑賞」と記す）
昭52・9　谷沢永一「方法と方法論は同義語か」（関西大学「国文学」54号、第二節以降は『牙ある蟻』新稿）
昭52・9　谷沢永一「捏造は想像力の行使であるか」（関西大学「国文学」54号）
昭52・10　谷沢永一「存在論的作品論とはなにか」（「早稲田文学」17号）
昭52・10　谷沢永一「文学研究の体系とはなにか」（「解釈と鑑賞」）
昭53・1　平岡敏夫「文学史研究へのアプローチ」（「解釈と鑑賞」）
昭53・3　谷沢永一「読むこと第一」（「文学」）
昭53・8　谷沢永一「方法論論争経緯」（『牙ある蟻』冬樹社）
昭54・10　シンポジウム「作品論の諸問題」（「解釈と鑑

賞」）（司会者吉田凞生、大野淳一、山田有策、大久保喬樹、水谷静夫）
昭55・10　前田愛「最近思うこと」（「日本近代文学」第27集）→改題「谷沢永一氏への疑問」（『近代日本の文学空間』）
昭56・12　座談会「批評と研究の接点・その後―近代文学研究の現在」（「解釈と鑑賞」）司会吉田凞生、前田愛、谷沢永一、磯田光一

II　関連研究書

昭42・6　三好行雄『作品論の試み』（至文堂）
昭42・6　平岡敏夫『北村透谷研究』（有精堂）
昭44・6　平岡敏夫『日本近代文学史研究』（有精堂）
昭46・5　谷沢永一『明治期の文芸評論』（八木書店）
昭46・6　越智治雄『漱石私論』（角川書店）
昭46・7　平岡敏夫『続北村透谷研究』（有精堂）
昭46・9　越智治雄『明治大正の劇文学』（塙書房）
昭46・11　十川信介『二葉亭四迷論』（筑摩書房）
昭48・11　前田　愛『近代読者の成立』（有精堂）
昭50・1　谷沢永一『標識のある迷路―現代日本文学史の側面―』（関西大学出版）
昭50・9　越智治雄『近代文学の誕生』（講談社新書）
昭51・9　三好行雄『芥川龍之介論』（筑摩書房）
昭51・10　平岡敏夫『漱石序説』（塙書房）
昭53・10　磯田光一『思想としての東京―近代文学史論ノート―』（国文社）
昭53・12　前田　愛『樋口一葉の世界』（平凡社）（「子どもたちの時間―『たけくらべ』私論―」昭50・6「展望」）
昭57・12　前田　愛『都市空間のなかの文学』（筑摩書房）

III　関西支部創設史

昭53（春）　第1回支部結成準備大会（甲南女子大学）
昭53（秋）　第2回支部結成準備大会（武庫川女子大学）
昭54・5・19　支部結成大会（大阪樟蔭女子大学）
昭54・11・10　第一回関西支部大会（関西大学）
昭55・6・14　（相愛女子短期大学）
昭55・11・15　（同志社大学）
昭56・6・13　（橘女子大学）
昭56・11・14　（帝塚山短期大学）シンポジウム1「こころ」
昭57・6・12　（大阪教育大学）
昭57・11・6　（神戸松蔭女子大学）シンポジウム2「舞姫」
（「関西支部20年クロニクル」より）
〔以下略〕

IV　谷沢永一「署名のある紙礫」

（「評言と構想」掲載分、「季刊銀花」にも同題の連載）
昭51・1・1　（第4輯）連載開始
昭51・4・20　（第5輯）
昭51・7・20　（第6輯）「越智治雄批判」（注1）

昭51・10・30（第7輯）「十川信介批判」（注2）
昭52・1・20（第8輯）「平岡敏夫批判」（注3）
昭52・4・20（第9輯）「三好行雄批判」（注4）
昭52・7・30（第10輯）「三好行雄批判」（注5）
昭52・10・31（第11輯）「越智治雄批判」（注6）
〃　越智治雄「紙礫に対する私の態度」（注7）
昭53・6・30（第13輯）「『日本近代文学』編集委員会御中」（注8）

注

（1）越智著『漱石私論』（前出）『近代文学の誕生』（前出）に対する三好書評（昭48・4「文学」）を枕とし、三好の称揚した越智論「新体詩抄の背景」（昭31・11「國語と國文学」）「『書生気質』の青春」（昭33・3「國語と國文学」）や前出2著を批判。
（2）十川著『二葉亭四迷論』（前出）をはじめ、「緑雨の孤独」（昭49・5「文学」）「逍遥から二葉亭へ」（昭50・2『現代文学講座・明治文学Ⅰ』）「〈うたたね〉—藤村の春」（昭44・8「文学」）「春の構図」（昭45・5「文学」）「二つの〈破戒〉」（昭47・1「文学」）「太田豊太郎の憂鬱」（昭47・11「文学」）など十川論への批判。
（3）平岡著『北村透谷研究』（前出）『日本近代文学史研究』（前出）『続北村透谷研究』（前出）などを批判。
（4）三好著『芥川龍之介論』（前出）を批判。
（5）三好著『〈反近代〉の系譜』（昭51・2「NHK市民大学講座」29）のほか、「〈舞姫〉の背景（昭46・10「国語展望29」尚学図書）「鷗外と反近代」（昭47・11「群像」）「〈妄想〉の地底—漢文体の世界」（昭50・2「文学」）「〈共同体〉のレミニッセンス—「カズイスチカ」と「百物語」」（昭52・1「文学」）ほかの諸論を批判。
（6）越智著『明治大正の劇文学』（前出）を主に批判。
（7）（注1）の批判中、「『書生気質』の青春」における「滑稽本」の言及に関する越智側からの反論。
（8）「日本近代文学」23集と24集におけるシンポジウム掲出の差異に対する疑問。

Ⅴ　大岡・江藤論争ほか

昭45・8　江藤淳『漱石とその時代　第一部・第二部』（新潮社）
昭49・10　荒正人『漱石研究年表（漱石文学全集別巻）』（集英社）
昭50・9　江藤淳『漱石とアーサー王伝説—「薤露行」の比較文学的研究』（東京大学出版会）
昭50・11　佐藤泰正・越智治雄・平岡敏夫・高木文雄・相原和邦『シンポジウム日本文学14　夏目漱石』（学生社）
昭51・6　大岡昇平『文学における虚と実』（講談社）
昭51・10　平岡敏夫『漱石序説』（前出）
昭51・10　玉井敬之『夏目漱石論』（桜楓社）
昭51・10　宮井一郎『夏目漱石の恋』（筑摩書房）
昭52・6　江藤淳編『朝日小事典　夏目漱石』（朝日新聞社）
昭52・9　高木文雄『漱石の命根』（桜楓社）
昭53・10　蓮実重彦『夏目漱石論』（青土社）

文学研究の発想

谷沢永一

私が関西支部の創設に関与したというご紹介がありましたが、関西支部の創設に一番熱意に燃えて尽力されましたのは、実は甲南女子大学の垣田時也教授でありました。今から三十年も前に、当時、新聞雑誌などにいろいろ書いておりました私に、垣田さんが関西支部を作ろうやないかと声をかけられまして、それから二人でいろいろ相談しまして、それが支部の創設につながったわけでございます。ですから、最初の四年間は垣田さんが支部長をお務めになりました。そして、それを推挙し、支えたのが、この私でございます。垣田さんに関西の研究者をまとめようという気持が強くあったことは、一つの歴史的な事実として、近代文学に関係する方がたのご記憶に残していただきたいと思う次第でございます。

私が垣田さんを支持しておりました時に、今は亡くなりました方ですが、私に強力にねじ込んでこられた方がおられました。ご自分は研究論文をたくさん書いておるが、垣田さんは果してそれに相当するだけの業績があるのか、それを推挙するとは何事か、と文句を言ってこられたのです。私はそれに反論いたしまして、あなたは論文をたくさんお書きになっているかもしれないけれども、私に言わせるとあなたの論文は独創性が少しもない、要するに独創性のない論文（論文と言えるかどうかわかりませんが）はいくら並べても、つまりゼロは百個集めてもゼロですから、それを誇りとするのは研究者として望ましいことではないと申しました。もちろん論文を書くことは悪いことではありませんが、大学という研究機関で、必ずしも論文という形はとらないで、学生諸君に強い感銘を与える立派な講義をずっと続けておられる、そういう学者もあるのでございます。

戦後、文部省（今の文部科学省でございますが）の方針で、論文の数がものをいうようなことになりましたが、それには私は今でも大反対であります。のちの世代に対して、強い感銘を与えるような、そういう講義、何らかの指導、それができる方が本当の学者であろうと私は思うからです。

論文を何本書いたから、著書を何冊出したから、などと言っていてはきりがありません。ですから、私は反論したわけであります。支部長というのは名誉職などでは決してなく、むしろ関西の研究者へのサービス、奉仕であります。その奉仕をしてこられました歴代の支部長に、この三十周年を記念して、まず敬意を表したいと思います。

研究というものは、ある時点において達成されるというようなことはあり得ないと思っております。何かを追って、年を重ねて、世代を継承して、順番にバトンタッチされ、受け継がれてゆくものだと考えております。そして、私が仮に研究者であるとするならば、それは長い長い研究史のなかで、つまり大きな山脈の上にちょっと小石を一個のせるというのが私の仕事であって、その小石の上に次の方がまた一個小石をのせる、ということによって、次第に山脈ができあがってゆく、そういうことが研究の歴史であろうと思います。新しい研究ももちろん結構ではありますが、研究とは継承してゆくものであり、同時に今日まで研究段階を運んできた先輩の仕事に対しても、十分理解し、評価し、そのことによって自分を鍛える、それが研究者の生き方であると思うのであります。

自分としてはどんなに熱心に一生懸命やったつもりであろうとも、それが学界とか世間に評価されるのがいかに難しいか、つまり、なかなか評価されないものであり、そのことに耐えてゆくことが、研究者の一つの腹の据え方というものであります。それに耐えることができない、いつも他人から拍手してもらわなければ気がすまないというような名誉欲はよろしくないと考える次第でありまして、その一例としまして、私の研究論文がどういうふうにして評価されなかったか、あるいは評価されたかについて、ちょっと昔話をしたいと思います。

私が研究としてこれは、というテーマを見つけたのは、旧制中学四年生の時でありました。いつもの古本屋さんで、なんだか知らないけれど、ちょっと心ひかれる本を見つけました。そのテーマもその著者名も全く知らなかった。しかし、それを持って帰って読んでみると、文藝評論とは、文学研究とはなんと面白いものかということをつくづく思い知ったのでありまして、その本が中野重治の『斎藤茂吉ノオト』でありました。

この本との出会いが、私が出発するために背中を押してくれたのです。私はまず、中野重治にも感心しました。けれども同時に、中野重治によってここまで力をためて、四つ相撲のように土俵の真ん中でがっと取っ組み合っている、斎藤茂吉の偉大さに打たれたのであります。

中野重治はその本の書き始めのところに、「斎藤茂吉の発育史」、つまり自分は斎藤茂吉が斎藤茂吉として自己を確立するに至ったそのプロセスを究明したいのであると書いております。

しかし、（私の独断と偏見ではありますが）あの本には斎藤茂吉のいろんなことが述べてありますけれども、斎藤茂吉の発育史についてはついに何事も論じられていないことを私は発見いたしました。そこで、非常に厚かましいことではございますが、では中野重治がやろうとしてやらなかったことである、斎藤茂吉がなぜ『赤光』『あらたま』のような日本の短歌史に決然としてそびえる立派なものを作り上げるに至ったか、その茂吉の生育史を私自身でやってみよう、そういう野心を持ったのであります。

斎藤茂吉の『赤光』や『あらたま』といった見事な短歌、日本の近代詩歌史上あれ以上の短歌はないと言ってもいいと思います。芥川龍之介も、自分に詩歌の目を開かしてくれたのは他の誰でもない、斎藤茂吉である、と言っておりますが、今日でも感服せざるを得ないものを彼自身のなかでどういうふうに築き上げていったのか、それをテーマとして選んだつもりです。

それから、とにかく手に入るだけの茂吉の本を集めました。そして、その時に自分としてはこういうことを考えました。まず斎藤茂吉について論じるのである以上、斎藤茂吉に関係のない評論家、あるいは作家、あるいは学者、あるいは外国の理論、そういうものを引っ張ってきて、論拠にして築き上げる、そういうことはしたくない。他の評論や理論は一切論拠にしないことを、私は自分自身に命令したのであります。

斎藤茂吉は『赤光』『あらたま』を詠んだ時期に、同時にたくさんの短い文章を書きました。それが『童馬漫語』『童牛漫語』です（『童牛漫語』は本になったのは戦後ですが、執筆されたのは大正期であります）。この二冊に収まっている彼自身のことばのなかから、彼自身の発育過程、自己形成過程をピックアップしようと考えたのであります。他の評論とか理論とかは引っ張ってこない、あくまでも茂吉が何を言っているか、その言っていることについて限定しようと決めました。茂吉のエッセイは短いもので、まとまったことは申してはおりませんけれども、その短い文のひだとひだの間にある茂吉自身のことばを拾い上げていって、そして、それを組み立てていって、茂吉の自己形成史を茂吉自身のことばによって語らしめる。

それをちょうど二十歳のときでありましたが、「えんぴつ」という同人雑誌に百五十枚書きました。そして、のちにそれを九十枚くらいに縮約して、「斎藤茂吉『作歌の態度』」と題し（福田恆存の評論集『作家の態度』をもじったのです）、関西大学の「国文学」という学術雑誌に載せました。昭和二十八年、私が大学院に入った年でありました。当時、関西大学は、今と違いまして、そんな学校どこにあるのかといわれるようなところでした（この間、関西大学と早稲田大学が提携したという記事を見まして、びっくり仰天しました。そんなことは到底考えられない。その間には大変な懸隔のある、そういう時代でありました）。ですから、せっかく私は載せましたけれども、それについて触れた人は全然いません。また、それについて引用したり評価したりした人も一人もいません。

日本の学界は東大を頂点とする学閥社会でありますから、そこでは私の書いたものは問題にされない。それは書いた当初から覚悟いたしておりました。どうせ読んでくれへんねん、どうせ理解してくれへんねん、当分の間これはあきらめて、時間の経過を待つしかないと思いました。

一例を申し上げますと、西田勝という、ほぼ同年代の研究者がおられます。『日本革命文学の展望』その他の著作があります。当時は法政大学の小田切秀雄先生の番頭格で、のち後継者となりました。古い話ですが、小田切先生を中心に同人誌を出しておられたんです。そこで私も先生に勧められて一文を投じました。無事掲載されたのですけれど、前後して西田勝氏から手紙が参りました。その内容は私への忠告で、あなたのような人は、文献目録を作ることに専念しなさい、それ以外のことに口出しするのはおやめなさい、というご親切な訓示でありました。東京大学の出身者からすれば、関西大学の私なんかに論文を書く資格がない、というご判定なんですな。あんまり馬鹿馬鹿しいものですから、直ちにひきやぶいて屑籠に捨てました。

けれど今から考えるとまことに惜しいことをしたと悔んでおります。大切に保存しておいて、いつか折を見てエッセイの種にして、東大出身者の心性とはこういうものだと世間に広めたらよかったのに、若気の至りで甚だ残念なことになりました。

こう申したからといって、私は文献目録の作製を決して貶《おとし》めているわけではありません。私自身、かなりの文献目録や書誌を試作しておりますし、常に文献目録に敬意を表し活用して参りました。私が不愉快であったのは、それ以外に口出しするな、という高飛車な見下しについてのみであったことを付け加えておきます。

さて、私の茂吉論の発表から四十年近く経ちました。この四十年の間に、私のこの論文について一言一句でも触れた人は一人もありません。しかし、平成四年、小西甚一先生が『日本文藝史 第五巻』の中で、他にたくさんある斎藤茂吉研究は全部除けて、初めて私の斎藤茂吉のこの論文を引用し、文献目録に記録されたのです。この論文はもちろん私の論文集にも入れてあるのですが、それではなしに、ちゃんと私の論文を最初に出した昭和二十八年のその雑誌まで突きとめて、そしてそれを引用して、斎藤茂吉についての論文として評価するとはっきりと明記されたのです。うれしかったですねぇ。『日本文藝史 第五巻』が届いて、私の論文が引用されて評価されているのを見た時のうれしさといったら、これは今日までのあらゆる経験のなかで、最もうれしいことでありました。

その間、四十年の時間が経っています。四十年は長いですよ。しかし、それに耐えることが必要であると、私は現在でも思っております。すぐに反応がなくて、すぐに評価されなくても、論文を書くのに若すぎることはないわけで、いかに若くてもいい、自分の問題をつかんで、論理を構築した時には、書いておくべきである。その時を外したら、もう次にチャンスはないんだと、私は皆さん方に申し上げたい。そして、頑張ってください。いかに若くても、当分は黙殺されて無視されていても、いつかは必ず日の目を見る時はあります。世間は広いようで狭く、狭いようで広く、いろんな人がいます。そのなかには、小西甚一先生のような方もおられるわけで（関西大学の「国文学」の昭和二十八年に発行された、その古い古い雑誌のその現物を、小西先生はどうやって確認されたのか、小西先生が亡くなられて今では確認できませんし、お聞きしたこともありませんが、おそらく国会図書館かどこかへ行って現物を確認されたのだろうと思います）、それは本当にうれしかった、ありがたかった。そういうことは現実にありうるわけで、おかげで平成四年から元気が出たと言いますか、そうだ、いつかはわかってもらえるんだ、そう思いました。小西先生は、私の斎藤茂吉論だけではなく、私の「太宰治『人間失格』の構成」（太宰ファンからは蛇蝎の如く嫌われている論文があるのですが）もちゃんと引いてくださっているのでございます。

小西先生は、日本文藝にかかわるアイヌ語から沖縄語に至るまで、そしてチャイナ、コリア、日本に関係のある国のあらゆる言語を全部その国の発音で発音できる、そういう学力を持った方でありました。そして、そういう学力をすべて投入して、『日本文藝史』全五巻という記念碑ができたのであります。さらに、日本の文学の歴史的な発展過程において、多少とも作品の史的研究に貢献したと思える論文は、全部採択して、引用して、文献目録に加えて最後に載せる。しかもそれは、先ほど申しました通り、最初にいつどこに発表されたかというところまで遡って突き止める、そういうことを小西甚一先生はされたのであります（学者としては本来そうあるべきだと思います）。おかげで私は、学問的評価をいただけたという喜びを持てたのでございます。つまり、世間は見ているのです。それは何年かかってもいいんです。自分の生命が尽きてしまうかもしれません。五十年後か八十年後かもわからない、しかし、いつかはわかってもらえるという自信を持って、自分の研究を続けることを、私は現在の皆さん方に望みたい。

本日のテーマは継承と断絶でございますが、我われの大先輩に吉田精一という学者がおります。この人は悪い人ではないのですが、とにかく支配欲の非常に強い人でありました。吉田精一さんは大変な勉強家でありました。けれども、自分が登場するまでの方がたの業績はことごとく黙殺する、無視する、そういう方針をとった。明治文学の研究の火ぶたを切ったのは早稲田大学の本間久雄でありまして、東大だと片岡良一でありますが、そういう自分の先輩に対しては何もいわない、一切無視する、黙殺する、そうしてなんだか自分から近代文学の研究が出発したというふうに世間に思わせたい。なんとまあ、支配欲の強い人やなぁと思いました（私もいっぺんはご馳走になったことがあるのですけれども）。あの方のあの学力をもって、そしてあの支配欲さえなければ、もっと日本近代文学の学界というものは、明るく、明朗な世界ができていたのではないかと、そう思うのであります。

世間には黙殺ということがあります。どんなに悪口を言われようと、悪口は結構ですよ、それは互いに意見が違うんですから、論争はどんどんやったらよい。私もさきほどご紹介にありましたように、たくさんの論争をいたしました。けれども、何が嫌だといって、黙殺ほど身に堪《こた》えるものはありません。

これは文学史においてもそうで、大正文壇という時代は、大正文士の一つのかたまりでありました。その連中が手を組んで、大正文壇を作り上げて、そして、それ以外の人、その仲間に入れない人は、あくまで黙殺してゆきます。例えば、夏目漱石の長女の筆子さんと結婚した松岡譲。こういう気に喰わない人は全部弾き飛ばす。そして黙殺する。大正文壇史は一つのグループの形成過程であり、同時に黙殺、無視という態度が大きな力を持った時代であるのです。それがまた昭和になりますと（ゆまに書房から文藝時評の大きな大系の本が出ておりますが）、文藝時評が大きな力を持ちます。川端康成はこの文藝時評の名人でありました。その川端さんが、史上初めて『文藝時評』というタイトルの本を作りまして、そのあとがきにはこうありました。世間は文藝時評は片々たるものであって、すぐに読み捨てられてゆくというけれども、実は作家はこの文藝時評で、ほめられたり、けなされたりすることによって、生きたり、死んだりするのである、と。その文藝時評という武器を一番上手に使って、昭和文壇の大ボスになったのが川端康成でありました。川端さんは大正の終りから昭和十年代の半ばまでずっと文藝時評を書き続けて、川端さんに認められたら文壇に登場できる、しかし、川端さんにペケ、つまり黙殺されたらこれはあかん、という時代が昭和の十数年間、大正の終りから数えますと約二十年間続いたのであります。ですから、この文藝時評は、やはり日本の文壇を左右したのであります。

学界はまたそれ以上に余計もっと黙殺がきつい。それは先に申しましたように、学界には学閥というものがある。この学閥によって弾き飛ばされていった人が過去になんぼあったか、と私はつくづくと感じました。

さきほどお話がありました「國文學」という雑誌から（今度休刊になるそうですが）、昭和三十年頃、明治以来の文藝思潮の展望を私に書けという原稿の依頼がありました。戦後に出発した近代文学の研究者の一番悪い点は、昭和二十年までの、終戦までの、あるいは大正期の近代文学の研究者の仕事を黙殺したことであります。ですから、私はそのことをいちいち実例をあげて、とことん、つまり嫌がらせを書いたのであります。これは嫌われました。全学界から私は蛇蝎の如く嫌われたのであります。しかし、大正から昭和にかけての柳田泉、木村毅、こういう人たちの仕事なしで、今日の近代文学研究はあり得ない。それを全部、戦後に出発した近代文学研究者は、先輩として適当に評価しない。特に柳田泉に対する黙殺はひどかったですねぇ。明治文学をやろうとするならば、まず柳田泉の本を読まなければならないと私は思うんでありますが、そういう人に対して、日本の学界は本当に冷たかった。ただ柳田泉さんは、そういうことをなんとも思わない、屁とも思わない人でありましたから、平然として仕事を続けられました。ご存じの通り、明治時代の作家は、精力を乱費するのであります。非常に苦労して、命を削って書くわけでありますから、それでどうしても若死にします。それに対して、女性というのは、今もそうですが、男性よりも平均寿命がはるかに長いものでありまして、文士たちの未亡人が健在なのです。そこで柳田泉先生は、明治の作家で亡くなった人の未亡人を順番に尋ねていって、そして当時の実際の文壇の雰囲気、文学界の情勢を一人ずつ聞き取って、記録してゆかれました（昔、桂春団治という有名な落語家がおりましたが、ある時、大阪の堀江の大きな店の未亡人をたらしこんだことがありました。そこで「後家殺し」というあだ名がつきまして、春団治が高座に出ますと、客席から「よっ、後家殺し」と声がかかるのです。これになぞらえまして、柳田泉さんも「後家殺し」と評価されたことがあります）。

先輩の業績を尊重するのは、決して礼儀とかルールとかではなしに、自分の養いになることであると私は考えます。

そこで、私は昭和になってから終戦までの間に亡くなられた方がたの業績を全部拾い上げていって、「國文學」に書いたのであります。二回くらい書きましたかなぁ。そうしたら、いろんな方が「國文學」の編集部に押しかけてゆきまして、あれだけはやめさせろ、なんとか連載を中止しろ、というので、本当は三回の連載予定だったんですけれども、三回目は私に結構です、と言ってきました。そして、三回目を保昌正夫に頼んだのです。保昌くんは方針を変えて（彼はもう亡くなりましたけれども、なかなか上手な人でしたから）、みんなをほめあげる。そこで文藝思潮の展望がすべてほめあげる拍手喝采の例になってゆくということがありました。

私はほめるのは結構なことであるが、けなすのもまた結構なことであると思うのであります。その両方を、責任を持って、また主体性を持って行うべきであり、よそから借りて来た理論に頼ることはよろしくないと思います。ベルグソンがどういっておろうと、ニーチェがどういっておろうと、それは日本のある時代のある作家、ある作品とは関係がないものでございまして、それを論拠、証拠として採用するのはいかがなものかと思います。さきほど浅野洋さんのお話にテキストということばが出てきましたが、最近はテキストということばがあまりにはやりすぎている。なるほどテキストであることには違いないが、しかし作品というものは、いわば円い玉のようなつるっとした出来上がったものではないんです。それぞれの作家が汗水たらして、命を削って、生命をすり減らしてできたものであります。その作家たちの苦労を知るためには、昔の評価を知る必要があります。徳田秋声があれだけ長い間かけて作品を書きながら、時には文壇からほとんど無視されて、しかしそれをものともせずに書き続けて、そしてあの見事な『徳田秋声全集』が出来上がったのでございます。

継承と発展というのは、自分を養うことである、自分に養分を注入することであると、そう考えております。

先ほどお話にありましたように、私は論争というものをやりまして、東京大学の三好行雄、あるいは越智治雄等を批判しましたが、私は何もかんかんに怒ってやったのではないんです。私はめったに怒らない人間であります。しかし、文章を書くときには怒ったふりをすることはあります。それは藝なんです。文章を書くための藝ですから、怒ったふりはします。だから、腹の底から怒っているのではない。私が批判した連中のやっていることは、文学研究の本当にあるべき姿、あるべき道を踏み外しているのではないかと、そういう考えを持ったからこそ批判したのであります。ただし、人を批判するためには、よっぽどの準備をしてかからなければなりません。

先ほど、方法論論争が話題になっておりましたが、それにはこういうことがありました。橋詰静子さんという、当時日本女子大学の大学院生であった人が、明治の文学書、具体的にいいますと北村透谷の詩集でしたが、その詩集では古い活字つまり変体仮名と新しい活字つまり明朝活字がてれこになって連なっていることに気がつかれまして、このところは変体仮名になっている、それに対してこのことばは明朝活字になっている、変体仮名と明朝活字で意味が違うんだということを発表しました。

しかし、この橋詰静子さんの見方を私は承認しておりません。当時は活版印刷でありますから、植字工が活字を拾うその活字箱には、古い字体の活字と新しい字体の活字が混在していたのであります。それを植字工は手当たり次第に拾ってゆきますから、どうしても変体仮名と明朝活字がてれこにならざるを得ない。ですから、それには意味はないんです。植字工がL字型の活字箱からたまたま拾っただけのことであって、植字工がいちいち変体仮名とか明朝活字とか区別をして使い分けをするはずがない。

そのことに注意して、目をつけて、そこから何かを発見しようと努めた研究者としての橋詰さんの努力は買いますが、もっと明治の本をたくさん読んで、そして明治の雑誌を嫌というほど読んで、明治の時代にはどういう印刷が行われていたかをよくよく知った上で言うべきであった。私はものをいう時、自分の意見を言う時は、広く広く見渡して、あんまり役に立たない本でも探してみることが必要であると思います。

しかし、小田切秀雄先生（私は小田切先生にご恩がありますので、敬愛しているんでありますが）は、ついついその橋詰理論（理論というほどでもありませんが）、その意見に乗ってしまった。そして、『明治文学全集』という筑摩書房が社の命運をかけた全集全百巻、そのなかの北村透谷集の本文印刷をその橋詰さんの意見に従って刷ってしまったのです。

そして、そのことを三好行雄にご注進した人物がおります。どのようなご注進したかと言いますと、あれは多分小田切秀雄が自分でやったのではなくて、小田切に世話をされている谷沢永一が代わりにやったのではないか、だから、橋詰静子をやっつけるのは、谷沢をやっつけることになりますから、やったほうが得ですよ、というような見事なご注進でした（その方は現在も健在ですが）。それで三好行雄は、橋詰静子という名前も、小田切秀雄という名前も、谷沢永一という名前も全部出さないで、最近のある若い研究者の書いた論文はそれは、といって、雑誌「文学」の「文学の広場」という見開き二頁で批判したのであります。これには裏がありまして、あれは三好行雄が、小田切秀雄批判をやり、谷沢永一批判をやったのであります。そして、小田切秀雄を、谷沢永一を、それ見たことかとやっつけるために、橋詰静子を仮の標的にして狙い撃ちにした、というのが私の読みであります。

そこで私は、雑誌「文学」の編集部に電話をいたしまして、あの三好行雄の文章は明らかにおかしい、まず第一に批判するなら批判するでいいから、橋詰静子という名前も、載った雑誌の名前も、論文のタイトルも全部あげて、それがなぜいけないのかということを理路整然というべきである。それを三好行雄は全部固有名詞も何も出さないで、ただ「最近の若い者は」といって批判したのです（年をとると最近の若い者は、といいたくなるんです。ピラミッドのなかから「最近の若い者は軽佻浮薄に陥っている、どうしようもない」と今から何千年も前に書いたものが出てきたそうですが、ということは、人類発生以来、人間社会が発生以来、年寄りは「今の若い者は」といって暮らしてきたことになります）。

私は以上のような理由を述べて、反論を書きたいからスペースをくれ、と言いました。これはずいぶん厚かましい話でありまして、普通、雑誌「文学」に自分の原稿を売り込むようなことをする出しゃばりの人間は、世間がいかに広いといっても、そうあるわけではないんですが、私はそれをあえてやりました。午前十一時頃だったかなぁ、電話したのは。そうすると、「文学」編集部は真剣に考え込んだんですね。それから約六時間くらい経ったでしょうか、もう日暮れになった時に、やっと返答がきまして、それでは誌面を与えるから書きなさい、と言われました。私は承諾してもらえるとは夢にも考えていなかったのですが、それならといって書いた。そしたら、所謂方法論論争というものが始まったのです。私はそこで、どういうキャリアのある人も間違うことはある、若い人の理論をできるだけ取り上げようとするためにうっかり間違うこともある、ということを念頭におきながら、批判しました。つまり、どれだけ権威のある、地位のある、東京大学の近代文学の担当の教授であろうとなかろうと、その意見、その理論、その評論の論理について、それを裸にしてひんむいて批判するということは必要であって、それは決して無駄ではない、と思って、当時の（今から何十年も前の話ですが、皆さん方にお話をしてもはるかに過ぎ去った昔話であり、リアリティーはないと思いますが）私はやったのであります。たまたまそれと関西支部の出発点が時間的にあったものですから、今回お手許にある、そういう文献目録ができたのであります。

世の中は広いんです。文学史の上で大きな評価を受けているもの、あるいは評論の世界、理論の世界で評価されているもの以外に、あらゆる文献目録からも何からも全部黙殺されている、完全に死んでしまった、明治大正期の雑書といいますか、何が書いてあるやらわからんものが実は仰山あるのです。

私はたまたまバブルの時代がありましたから、全国を講演してまわりまして（日本列島で私が行かなかった県が三県くらいしかないというほど講演してまわりました）、ただし文学の話はお金になりませんので、そういう話ではなくて、全部これは経済の話です。つまり、税務署相手にどう喧嘩したらいいか、そういう話を講演してまわったのです。講演というのは不労所得でございまして、同じことを富山県でいって、神奈川県でいって、ここ大阪府でいっても、全部講演料は入ります。これを何に使おうかと考えました。そして、それを原資にして、まったく世間から黙殺されて、『明治文学書目』であろうと、『明治文学研究文献総覧』であろうと、『明治文化全集』であろうと、何であろうと、どこにも絶対に出てこない雑書、何のために書いたのか、何のために刊行されたのかわからんような、わけのわからん本を、私は古本屋さんの目録から順番にずっとピックアップしてゆきました。

例えば、東北地方を旅興行している旅役者の内輪話、そういう連中はどういう収入があって、どういう手練手管を使って金儲けをしておったか。あるいは、女性がやっと職場進出をした大正の初めに、電話交換手、あるいは看護婦さんがどのくらいの所得を得ておったか。こういうことは、私は断言しますが、どの本にも書いてございません。つまり、ちゃんとした本には書いてないんです。しかし、雑書のなかに埋もれているのです。その埋もれているデータを発掘して、後の世に伝えるということを私はやったのです。私の自慢話めきますが、自慢させていただいても罰は当たらんと思います。とにかく私は身銭を切って、全部集めたのです。皆さん方におすすめしたいのは、有名なものだけ、名声の高い作品だけを問題にするのではなく、黙殺されている、無視されているもののなかに実は埋もれているものがある、それを念頭において忘れないことです。それが私の皆さんに対する願いであります。

先ほどから話に出ております、雑誌「國文學」と「解釈と鑑賞」という月刊誌がありますが、その編集部にお願いして（私はめったに原稿の売り込みはしたことがないんですが、この二回だけは自分で売り込みまして）、どうか誌面を与えていただきたい、そして連載をしたい、と申しました。それが快諾されて、延えんと、三十年くらいですか、連載しました。それをまた単行本にして後世に残しておく。こういうことが自分の後世に対する貢献であると考えております。理屈をいうばっかりが研究ではないんであります。事実を明らかにすることも大事なのです。あんまさんが流して歩いている場合、どういうふうに客をつかまえるのか、そういう世間の裏側にあって表に出てこないような話が、そのつまらん本にたくさん出ているのであります。私はそういうものに値打ちがあると思います。つまり、最後にものをいうのは事実です。どういう時代に、どういうことが現実に行われていたのか、を確認することです。証拠をあげて、同時代にその事情をよく知っている人が、頼まれもせんのに書いた本が証拠になるんです。それは汚い本で、ぼろぼろの本で、綴じもゆるんで、本当にどうしようもない本ですから、古本屋さんはもう捨ててしまおうかと思うけれども、捨てるよりは、と思って、安い値段で目録に出してある。それを私が一本釣りしていったのです。

明治大正期には今現在の文学史に登場していないけれども、しかし、当時としては値打ちのあった作品がまだたくさんあります。私は山本周五郎の『樅ノ木は残った』という作品を高く評価しております。それについて論文を書いたこともあります。これはあの有名な仙台の六十二万石が傾きかけるような大事件である伊達騒動で、一番の極悪人として断罪されている原田甲斐という人物を、見事にひっくり返して描いた作品であります。つまり、原田甲斐こそは実は仙台六十二万石を守るために自分の身を投げうった人であり、自分も殺され、一家断絶、という悲劇になったんだと解釈した作品なのです。私は長年この作品には絶対にタネ本があると思っておりました。山本周五郎は大変な努力家で、勉強家でありましたけれども、大読書家ではなかった。そんな古い古い資料を探してくるようなタイプではない。だから、山周がこれは使えると引っ張り出したものがある、と長い間考え込んでおりました。そうして、ある時、青森県の古本屋さんが村上浪六全集の端本（揃いではない）を安い値段で売りに出した。それに私は何かピンときまして、何かここにはあると思って、注文して読んだところが、なんと、村上浪六という文壇では軽蔑され、大衆作家の代表格といわれておる、その作家が実は原田甲斐を本当は一番の忠臣であって、仙台六十二万石を守った見事な人物なんだと小説に書いていたのです。つまり、山本周五郎は若い時にこの村上浪六の作品を読んで、それをさらに膨らませて、また色付けをして、山周らしく見事な筆で書き直した、それが『樅ノ木は残った』であることがわかったのであります。

このように、つまらんと思われているもののなかに、実はそういうのが埋もれている。そのことを、私は皆さん方の頭のどこかに置いておいていただきたい。そして、そういうものを発掘して、継承して、それを利用して、そこから自分の養分を取り上げて、後の時代にバトンタッチをしていただきたい。そのように念願する次第であります。

文学史研究における継承と断絶
――関西支部30周年のテーマに寄せて――

平岡敏夫

一　関西支部20周年――『〈夕暮れ〉の文学史』より

平成十一年十一月六日、日本近代文学会関西支部20周年の会が関西大学で開催されました。私は「〈夕暮れ〉と日本近代文学―谷崎潤一郎『蘆刈』を中心として―」と題して講演を行いました。まず「関西の〈夕暮れ〉」として、田辺聖子「おかあさん疲れたよ」（平3・10・11「読売新聞」）の一節をあげました。この講演はのちに手を入れて「〈夕暮れ〉の文学史」（平成16・10、おうふう）に収録していますが、そこから一節（「虎を飼う」〈七十九〉）を引用します。


〈そういうたら〉

とお姉さまの一人が素《す》っ頓狂《とんきよう》な声をあげる。

〈東京へいったとき、夕方が短いのでびっくりしたことがあるわ。日が落ちると、ドバッと暗《くろ》うなってしもたもん〉

〈関西は日が落ちてからが長い。夕焼けが消えても、どことなし、空にかすかな明るさが残ってる。こっちゃ、早《は》よ暗《くろ》うなってくれへんか、とイライラしてる。明るいうちは酒飲む気ィせえへんからな。そやのに、い

つまでも明るい。年増の深なさけの如くしつこく明るい。ケチのお年玉の如く、くれそうでなかなか、くれない〉

〈年増って、あたしのことですか〉

ママが口を出す。

〈ほかに年増なんか、居《お》るか〉

〈昭吾がいうと、女たちはどっと笑う。

〈ともかく、こんな地方に住んでると、どうなるか。人生を深刻に考えられへんやないか。深刻に考えるのは、日が落ちるやドバッと暗うなる地方に住んでる人間だけや。—いや、ぼくは関西に住んでて、しんそこ、よかった、と思《おも》てるぜ〉

この〈夕暮れ〉東西比較論が、谷崎の関西移住問題、さらに『蘆刈』（昭7）の〈夕暮れ〉評価にどうつながっていくかは、『〈夕暮れ〉の文学史』を参照して頂きたいのですが、ここではいわば、『蘆刈』の〈夕暮れ〉研究にとって、田辺聖子の作品も関西の〈夕暮れ〉を生きる人たちと風土に対するひとつのスタディにほかなりません。私はここからさらに、「秋は夕暮」（枕草子）への挑戦としての後鳥羽院の歌「見わたせば山もとかすむ水無瀬川／ゆふべは秋となにおもひけむ」、そしてこの後鳥羽院のいわば「春は夕暮」への谷崎の挑戦に及んでいます。

最近の清水康次「谷崎潤一郎における自己解放の過程《プロセス》」（平21・3、京都光華女子大学報告書『谷崎潤一郎と京都』）では『蘆刈』に言及していまして、関西への愛着の一方に東京への反感や嫌悪を指摘しつつ、〈水無瀬〉に京都と大阪のせめぎあう境界を見出しています。

『蘆刈』には、古典を継承しつつ、それを超えるべく二重の挑戦を試みようとする谷崎が見られるわけですが、さらに「関東の〈夕暮れ〉」への挑戦として、師ともいうべき永井荷風の『すみだ川』（明42）の〈夕暮れ〉を谷崎が意識していることを具体的に指摘しています。『〈夕暮れ〉の文学史』には、谷崎の前に、「夕暮れの隅田川―永井荷風『すみだ川』―」を置いていますが、この論文においては、先行研究として久保田淳『隅田川の文学』（平8・9、岩波新書）と前田愛『幻景の街』（昭61・11、小学館）をあげています。

前田愛氏の言う「月並美学」への疑問として新たな指摘を行なっているわけですが、この〈継承〉について、最近さらに十川信介「荷風の私がたり―『あめりか物語』から『濹東綺譚』まで―」（平成21・3、4「文学」）が『〈夕暮れ〉の文学史』の指摘を受けとめて次のように記しています。

…二人が眺め入る夏の終りから一年間の隅田川の風景は、きわめて類似的である。その情景の切り取り方については、久保田淳『隅田川の文学』や前田愛『幻景の街』などにくわしく、平岡敏夫『〈夕ぐれ〉の文学史』はそれらを踏まえた上で、二人の見る隅田川の情景が単に『江戸名所図会』的な「月並の美学」にとどまらず、長吉の場合には「〈昼〉という近代の立身出世の実世界へのコースから〈夜〉という奔放自由な世界へのコースの境界に立」つ悩みを表わすと指摘している。

荷風の〈私がたり〉という視点による先行研究のひとつの〈継承〉でありますが、ここでのテーマの性格上、具体的な論究ぶりには立ち入らないとしても、以上見た関西支部20周年に端を発する〈夕暮れ〉研究が、時代やジャンルの如何にかかわらず、〈断絶〉ではなく、たえざる〈継承〉として行われていること、〈継承〉は必ず〈超克〉を伴っているという、当然きわまることを、今回の問題設定に至った研究状況にもとづき、まず前置きしてみた次第であります。

〈夕暮れ〉という視点自体が、〈継承と断絶〉の問題に密接にかかわるのでありまして、『〈夕暮れ〉の文学史』は、「秋は夕暮」（枕草子）以来の「〈夕暮れ〉の伝統とその魅力は日本近代文学にどのように受け継がれてきたか」「古典と近現代文学の間に〈夕暮れ〉によって継承か断絶かの二元でない橋を架けよう」というのが本来のモチーフだったのです。

ひとつだけ具体的かつ重要な例をあげておきます。芥川龍之介の作品に、「或日の暮方の事である。」(『羅生門』)、「或曇つた冬の日暮である。」(『蜜柑』)、「或春の日暮です。」(『杜子春』)等々、日暮れからはじまるものが、他の作家に比して多いということに気づき、昭和五十一年に「日暮れからはじまる物語」を書いたのが『〈夕暮れ〉の文学史』の発端でした。ここで、今日では同義語の〈日暮れ〉〈夕暮れ〉について、多くの古典文学研究を参照しましたが、かなり長い時間をかけて、確かと思われる論拠を示すいくつかの論文に出合うことができました。三本をあげるとすれば、奥田修「秋の夕暮―その無常観と幽玄美―」(昭53・3「同朋国文」)、今西祐一郎「『日ぐれ』攷」(平元・6『奥村三雄教授退官記念国語学論叢』桜楓社)、佐藤武義「上代語『日暮』『夕暮』考」(平12・8、日大法学部「桜文論叢」)です。

二　研究と研究史―『昭和文学史の残像II』より

今回の支部創立30周年の会のテーマ設定にあたり、支部では「文学研究における継承と断絶」と題する趣意書を作成していますが、そのなかの一節を引きます。

唄は世につれ…ではないが、文学研究の方法にも〈時流〉があって何の不思議もない。とはいえ、近年の研究状況は、現下の立脚点となった「近過去」の積み重ねをあまりにも安直に切り捨てすぎている、もしくは知ってか知らずか冷淡にすぎるように思える。最近の〈時流〉に乗らんがため、ないしは肩を並べんがため、それ以前の方法や成果―たとえば昭和四十年代や五十年代の近過去―を無視あるいは没却しすぎる弊に陥っているのではあるまいか。換言すれば、今日の研究シーンの原点となった当面の〈出発点〉に想いをいたすこと、いわば〈足元〉への注視をあまりにもなおざりにしてはこなかったか。

ひとくちにいえば、研究方法の更新とは常に〈継承と断絶〉の争闘の歴史である。文学研究の重要な柱のひとつがテクストを包摂する広義での〈歴史性〉の発掘や意味づけにあるとしたら、われわれの研究方法それ自体に刻印された〈歴史性〉にも深く想いをいたす必要がある。方法に歴史あり―歴史を忘れた研究方法は必ずや歴史に復讐される。その意味で〈歴史〉に学ぼうというのが今回の特集企画の意図である。題して「文学研究における継承と断絶―関西支部草創期から見返す―」。

これと同様の趣旨のことを関西支部発足（昭54・5・19）の二年前に発表しているのであげてみます。

個々の文学作品、あるいは文学者は、それぞれの研究史を、あたかもその文学自体、文学者それ自身であるかのごとく不可分的に背負っている。その作品をどう読むか、どう受けとめるかという読み手、受け手はすぐれた作品や問題作であればあるほど限りなく多く存在してきた。いま在る二葉亭四迷『浮雲』（明20～22）は、この小説が発表されて以来九十年近い歳月のなかで、さまざまなすがたを示してきたそれであり、限りない読者・評者・研究者がとらえてきた『浮雲』として存在している。研究史を不可分的に背負っているとはその謂いにほかならない。むろん、それら研究史の一切に眼をつむり、裸形のまま『浮雲』として受けとめようとすることは主観的には可能であり、またそれこそ重要なことであるかもしれないのだが、自身の主観が何ものによっても規定を受けていないと考えるのもまた傲慢のそしりを免れえまい。

自己の独創と信じる『浮雲』論を書いたとしても、自身はいかにそれを独創と認定しうるのか。自己の研究を独創と信じうる人は、それが傲慢や恣意でないとしたら、暗に既成の研究への認識がそこにはたらいており、そういう研究状況に対し、自己の独創を意識しているということになろう。だが、厳密に独創と認定するためには、厳密に現在までの研究史をふまえなければならぬのは自明の理である。新見をいかにほころうとも、すでに過去にそのような見解・研究が出されているとしたら、それは何ら新見でも独創でもなく、既知のことがらをくり返しているにすぎず、たんなる紹介・解説の次元に落ちるだけのことである。研究史をぬきにして研究は成りたつことができないのであり、作品もまた研究史と無関係にひとり歩きすることは不可能なのである。

研究と研究史

研究は研究史をぬきにしては成りたたないと書いたが、このことにかなり無自覚な状態が今日もつづいており、学部卒業論文などを例にすれば、この無自覚状態は増大こそすれ、消えることなどありえないといった傾向さえ感じられる。むろん、学生だけのことではなく、先行研究の検討をくり返し注意してうまない教授とそれにあまり関心しない教授というちがいもあるようだ。まったく先行研究をあげずにすべて自身の新見のごとく述べたてたり、一部だけをあげ、他はふせておくようなのは論外であるとしても（これらの類はしばしば剽窃事件を引きおこしている）、研究とは新たな創造発見以外の何ものでもない以上、すでに明らかになっていることをそのままくり返すのが研究でないことは自明であり、研究のプライオリティを明確にすることは、たんに先行研究に対する敬意やその権利への認識などの問題にとどまらず、研究の進展にとって不可欠なことなのである。

（「研究史の検討」、三好行雄編『近代文学10』昭51・11、有斐閣、『昭和文学史の残像II』平成12・3　所収）

右のうち、とくに後半の「研究と研究史」の一節が今回の趣意書と重なっていますが、前半の方は、なぜ「それ以前の方法や成果―たとえば昭和四十年代や五十年代の近過去―を無視あるいは没却」（前掲趣意書）してはならないかを、研究史の不可欠性の問題として説いたものです。

三　作品論と文学史研究──『昭和文学史の残像II』より

昭和四十年代に作品論の流行が言われ、さらに作品論の限界も説かれはじめました。昭和五十一年五月十五日、日本近代文学会春季大会が大妻女子大学で開催され、講演「夏目漱石の批評と研究について」（荒正人）に続き、シンポジウム「批評と研究の接点」が吉田凞生司会、磯田光一・谷沢永一・前田愛の三氏によって行われました。今日なお記憶されているこのシンポジウム（昭51・10「日本近代文学」第23集）については、今回も話題になるかと思われますが、その翌年、普通は「解釈と鑑賞」は二十枚ぐらいのもので、安い原稿料のものなのですが、「文学史研究へのアプローチ」と題する百枚余りのものを、「解釈と鑑賞」（昭53・1のち『昭和文学史の残像II』所収）に書く機会がありまして、ヤウス『挑発としての文学史』（轡田収訳、昭51・6、岩波書店）等を援用しつつ論じましたが、そのなかに「作品論と文学史研究」があり、前掲シンポジウムにもふれるところがありますので、かなり長文になりますが、適宜引用しておきます。

作品論だけなのか

たんに人生観や思想を抽出して文学史としないためにも、作品をあくまで作品としておさえる作品論が文学史において不可欠であるが、最近は、作品論の限界がしきりに説かれている。作品内部に自閉的に立てこもり、いたずらに人間存在の深淵といったものをのぞこうとしている風潮への批判ということにでもなろうか。昭和四十年代は作品論ばかりの時代だったかのごとく言いたててもいるようである。具体的には、三好行雄『作品論の試み』（昭42、至文堂）が先導し、越智治雄『漱石私論』（昭46、角川書店）がさらにそれを固めたということになっているらしいのであるが、その傾向から免れえない者として、私なども批判の槍玉にあがったことがあるけれども、こういうふうなとらえ方は、きわめてジャーナリスティックであるように私には思われる。

さきの大江発言でもふれていたが、ジャーナリスティックな批評は、批判しやすいように問題を単純化し、また人目をひきつけるために、目立つ存在をさらに目立たせる。こうして、だれもが興味を持つであろう話題を提供するのである。

三好・越智批判という形での作品論批判は東大を頂点とするらしい「アカデミズム」攻撃であり、それをとりまいていいるらしい亜流への見せしめらしいのであるが、もし、作品論の悪しき流行があるとするなら、ただ言いたてるだけでなく、批判者自らが凡例たる作品論を積極的に展開すべきであって、映画批判に対して、それなら映画を作ってみろ、というのとはわけがちがう、同じ仕事上のことなのである。実際の批判の口火は、「研究と批評の接点」（吉田凞生司会・前田愛・谷沢永一・磯田光一）なるシンポジウム（昭51・5、「日本近代文学」第23集、昭51・10所収）であろうが、すでに数年前から作品論の限界が云々されてはいた。そのことは確かに作品論ということが問題にあがって来ているという事実を示すものであるが、作品論が話題になるから、逆に作品論のみが昭和四十年代の研究史としてもたどられる、ということになってはいないか。

私は当時から作品論の時代であるかのように言われているのには賛成しがたい思いがありました。たしかに最初の漱石論集『漱石序説』（昭51、塙書房）は、三好・越智氏らの「文学史の会」の一員として、作品論的な構成になっていますが、同じ年に『明治文学史の周辺』（昭51、有精堂）も出しています。その三年前には『日本近代文学の出発』（昭48、紀伊国屋新書）を書きおろしており、続く漱石論集二冊目の『漱石研究』（昭62、有精堂）では、「漱石伝の周辺」と共に「漱石作品と同時代」の章を設け、「漱石研究の現在」として十二冊に及ぶ漱石本書評と「漱石研究の現在」と題する展望を付けています。

つまり、作品論と文学史研究を併行して行なってきたということで、このことは他にも見られたことであります。前掲引用文に続く一節を引用します。

越智氏は『漱石私論』とほぼ同時に『明治大正の劇文学』（昭46、塙書房）を刊行しており、ここでは作品論をふくみつつ、副題にも記されているように、日本近代戯曲史への試みという文学史の文脈のなかでの検討がなされている。三好氏は昭和四十七年に『日本の近代文学』（塙書房）という文学史叙述を刊行、さらにほぼ同時に『日本文学の近代と半近代』（東大出版会）なる文学史論を刊行している。これらの広い文学史的展望をもつ著述を、なぜ人はとりあげないのか。なぜ、『作品論の試み』や『漱石私論』だけをとりあげるのか。それは批判者自身が作品論にしか眼が届いていないことを示している。せめて、これら作品論と文学史論とをあわせ論じるぐらいの視野がほしいのである。

作品論の流行という現象をひとたび指摘されるや、すべて付和雷同、そこにしか眼が行かないのは、それもまたジャーナリスティックな現象である。文壇・論壇、学界までもが、目立つことに向かい、目立たせることに腐心するのは、ジャーナリズムの支配下にあることを示している。

文学史の衰弱とは言え、昭和四十年代には、ほかに、少し思い浮かべただけでも、相馬庸郎『日本自然主義論』、小笠原克『昭和文学史論』（昭45、八木書店）、谷沢永一『明治期の文芸評論』（昭46、同）、前田愛『幕末・維新期の文学』（昭47、法大出版局）など文学史にかかわる著述がひきつづいており、前掲シンポジウムに参加した谷沢・前田両氏などは、三好・越智両氏の作品論をほめたり、批判したりといった作品論にばかりかかずらうことをやめて、あるいはかかずらうのと同時に、みずからの文学史論の方にも、もう少し積極的に眼を向け、それと同時に、三好・越智氏の文学史論をもとりあげるという姿勢が必要なのではないか。次から次へと話題を求める移り気なジャーナリズムに流されて、目立つものにのみ向かおうとするのは、研究的、すくなくとも文学史研究的ではない。

つまり、人の見る眼が、文学史研究に行かずに、もっぱら作品論の方に向けられていた時代だったと言えます。

このあと、「わが漱石論の場合」が続くのですが、このころすでに「日露戦後文学の研究」なる主題を進めていることを語り、漱石論と共に『日本近代文学史研究』（昭和44、有精堂）をもあげています。『続北村透谷研究』（昭和44、同）が出るのもこの文学史研究と同年であり、その他についてはすでに述べました。

四　『日露戦後文学の研究』について

作品論の流行といわれた昭和四十年代のなかほどに、私は「明治四十年代文学における青年像」（昭44・6「文学」『日本近代文学史研究』所収）を書いています。鷗外『羽鳥千尋』と花袋『田舎教師』、『田舎教師』と蘆花『寄生木』、『三四郎』『青年』『雁』『すみだ川』といった作品の青年像を対比的に明治四十年代の時代と共に論じています。当時の作品論との相違は、作品が同じく青年を取りあげた同時代の作品との対比つまり共時態的に論及されていることでして、この「明治四十年代における青年像」がのちの『日露戦後文学の研究』上下（昭60、有精堂）の一原型となりました。〈明治四十年代〉が〈日露戦後〉となったのは、原型論文でも独歩『号外』（明39・8）からはじめて、「日露戦争中には成立していた統一的国民意識が、戦後には消えて『赤の他人同志』となってしまった、その状況のスナップ」をこの作品に見出し、「日露戦後において、国民意識が大きく変貌していることもこのスナップから知ることができる」とすでに論じていましたのが、〈日露戦後〉として、はっきり顕在化したからであります。

文学史の問題としては、「早稲田文学」（明39・10）の彙報欄が、「小説壇の新気運」として、藤村『破戒』、独歩の『運命』、漱石の『漾虚集』をあげて、日露戦後の小説壇の新しい気運が発動しはじめたと詳細に報じたことが〈日露戦後文学〉を想定するうえで大きな機縁となりました。要するにこれらのことは、先行文献を受けとめること、時代の文脈のなかに戻して考えることのひとつの実践であったわけであります。

ところが、『日露戦後文学の研究』上下二巻は、紅野敏郎氏による紅野謙介氏ら早稲田大学大学院の多数の学生を中心とする討議を大隈会館で受ける機会を得たり、また大岡昇平の『成城だよりIII』（昭61、文藝春秋）で評価されたりしたものの、版元の有精堂の廃業にともないまして、少部数の初版のみでおわり、その後の講談社学術文庫採録の話も、大部を理由として立ち消えになったままであります。最近、そのことにふれ、再確認のモチーフで『日露戦後文学の研究』のうち、鷗外の部分を昨秋京都で講演する機会を得ました。公刊されたその講演「日露戦後の鷗外─『青年』『羽鳥千尋』『うた日記』『半日』─」の一節を引用します（「湘南文学」平21・3）。

日露戦後の鷗外については、拙者『日露戦後文学の研究』上下（昭60、有精堂）で論及しているが、この本は初版刊行したのみで版元の有精堂が解体してしまったこともあり、目下、入手、閲覧が困難なようで、同じ主題を扱っても若い研究者どころか、中堅の研究者も参看していないことが多い。ここでは、右の研究をもう一度確認し、その後の今日に至る自他の研究の一端をつけ加えることにしたい。

『日露戦後文学の研究』は、何よりも「戦後」という見方を、今日にいう太平洋戦争以後のみを「戦後」とみなす見方に対して、日露戦争後にも及ぼそうとしたものである。建部遯吾『戊申詔書衍義』（明41・12）は、「応仁戦後」「文禄征韓戦後」「関ヶ原戦後」「大阪戦後」等々をあげ、「今回の日露戦役の如き戦後に於いては、孰れも皆戦後の賀すべき現象」としながらも、「戦後」の奢侈、腐敗堕落、無気力、遊惰、倦怠、厭世観流行の風潮、これを「戦後病」として批判している。「戊申詔書」（明41・10・13）の公布それ自体が日露戦後の風潮への批判であったから、建部がそれを敷衍した『衍義』で批判をくり返すのは当然である。

「戊申詔書」の一節に「宜ク上下心ヲ一ニシ忠実業ニ服シ勤倹産ヲ治メ惟レ信惟レ義醇厚俗ヲ成シ華ヲ去リ実ニ就キ荒怠相誡メ自彊息マサルヘシ」とあるのは、怠惰、浮薄の傾向が強まっていることを示している。信義を訴え、浮華をしりぞけ、実を尊び、荒怠を戒めて、みずから勉励することが求められているが、こういう詔勅を出さねばならぬ状況が日露戦後であった。清原貞雄『明治時代思想史』（大10）は「日露戦争以後思想界の浮華動揺」の章を立てており、自然主義も社会主義も「不健全なる思想の反映」であった。

引用の冒頭が示すように、『日露戦後文学の研究』ですでに詳細に論じられている作品・時代を、まったく受けとめていない研究に接することが多く、この本について言えば、研究は継承ではなく断絶というしかない現状であります。このことは多くの研究者自身が自身の研究について、日頃味わっていることでありましょうが、今回の問題の一例としてあげてみました。

五　『ある文学史家の戦中と戦後』

関西支部が発足してから十二年目の一九九一年（平3）七月六日、立教大学日本文学会で「ある文学史家の戦中と戦後」と題して講演する機会がありました（平4・4「文学」）。『ある文学史家の戦中と戦後』（平9・9、日本図書センター）には、これをIとし、「ある文学史家の戦中と戦後II」として猪野謙二氏追悼、IIIとして「高村光太郎『少年飛行兵』その他」を収めています。ここではIのうち、勝本清一郎・三好行雄・前田愛の三氏について一部引用することとします。

（1）勝本清一郎氏の戦中と戦後

「日本近代文学」第20集（昭49・5）は「文学史家論」特集で、本間久雄（大久保典夫）、勝本清一郎（谷沢永一）、片岡良一（清水茂）とともに「ある文学史家の素描」として私が柳田泉を担当しています。

文学史家と言えば、勝本清一郎氏の名を逸することはできないが、その戦後の風貌については、前掲谷沢永一氏の勝本清一郎論が周到に論じている。先行する「国文学」の特集の関良一「柳田泉と勝本清一郎」には、処女評論集『前衛の文学』（昭5）の正宗白鳥論を引きつつ、「目的意識」によるプロレタリア文芸が「文芸の多くが『時代を超えて縦に貫く階級』としての中層知識階級の手に直接的に培養されて行く事実」を無視しているという批判を紹介し、国際革命作家同盟の日本代表、あるいは執行委員としてベルリンやモスクワに赴いたことを述べ、昭和十年日本ペンクラブ創立に際して常任理事となったのち、同十三年、京都検事局で取調べを受け、ペンクラブ役員を辞し、終戦まで七年間、執筆禁止を受けた旨を叙述している。こうした勝本氏の履歴は今日ではすでに知られている事実であるが、関氏は次のように述べている。「氏が近代日本文学史の実証的研究を決意されたのは、前述の執筆禁止事件を契機としてであり、そのライフ・ワークともいうべき透谷研究に着手されたのは、実は藤村研究の副産物で、藤村自身の示唆によるものだったらしい。」執筆禁止を契機に、藤村に師事しての近代文学研究、透谷研究に収斂してゆく独特の戦中と戦後があったのです。

（2）三好行雄氏の戦中と戦後

平成二年五月二十日、三好行雄氏が亡くなったとき、山田有策氏は「〈三好行雄〉というスタイル」（平2・7「文学」）という一文を発表しています。「この〈師〉との出会いで最も幸せであったのは、氏がその頃〈近代文学〉研究の学的自立に全力を傾注していたからであった。〈古典〉や〈批判〉に対抗し、〈近代文学〉研究を自立させるべき氏の姿勢と情熱はストイックと言うよりもリゴリスティックでさえあり、当時最もきわやかであった」と書き、画期的な方法の提示としての〈作品論〉の提唱を高く評価しています。東京大学文学部ではじめて近代文学担当の専任教員として就任したという事情、三好氏がつねに保持していた〈東大意識〉もそのことによりますが、東京教育大学で近代文学（講座名義は近世文学）を担当していた吉田精一教授は、週一回だけ本郷に出講し、三好・越智氏らも聴講していました。吉田精一氏ら近代文学研究・講義のフロンティアとしての、今日では測りがたい学的自立の苦闘は、孫世代の山田有策氏などにとってはもはや遠いもので、すぐ前に三好氏がいたわけでありますが、三好氏が「つねに情熱を一つの強靭なスタイルの内に押しかくそうとしてやまなかった」「〈三好行雄〉というスタイルを絶対に崩すことがなかった」という山田氏の指摘は当たっていると言えましょう。これは〈東大意識〉ということだけでは説明がつかぬ問題でありまして、山田氏は次のような疑問を提出しています。それに対する私のコメントと共に引用します。

> ただ、そうしたスタイルへのストイックなまでのこだわりの背後には恐らく戦中・戦後において何らかの断念があったであろうことは容易に推察できる。体験の感傷的な吐露を美意識として拒絶していた人だけに、それが何であったか全く不明だが、あるいは同世代の故三島由紀夫や吉本隆明らの深層に流れるものと通底しているのかも知れない。

山田氏の「戦中・戦後において何らかの断念があった」とする推測はまことに鋭い。三好氏を〈師〉として深く敬愛し、〈三好行雄〉というスタイルを確実にとらえている山田有策氏だからこそなし得た直観というべきだが、その山田氏にしてその理由が「全く不明」というのは実に気になるところだ。三好氏の強靭な「〈三好行雄〉というスタイル」ということへのこだわり、その執念には、さきの勝本清一郎氏の執念さえ連想させずにはおかない。ここにも〈ある文学史家の戦中と戦後〉の問題がある。たんに性癖・資質の問題ではなく、個人の精神史にかかわることであるが、三好氏は何を〈断念〉したのだろうか。昭和十七年十六歳で五高理科に入学、昭和二十年四月、九大物理学科入学、九月中退、翌年、郷里で代用教員、昭和二十二年に東大国文科入学という経歴（「三好行雄略年譜」平2・10「國語と國文学」）には戦中から戦後への劇的ともいえる転換がみられる。敗戦時十九歳だった青年に何が起こったのか。氏は航空力学の話をよくし、飛行機は信用出来ないと言っていたが、〈戦争〉という超国家主義のイデオロギイに裏切られたという意識か、それとも戦後におけるイデオロギイの欺瞞性の自覚か、とにかくそこには吐露しえない強烈な傷痕、身を灼く恥《オント》のようなものがあり、それは強靭なスタイルでよろわねばならぬほどのはげしいものであったはずなのだ。

実は山田有策氏の文章を読む前に、私は三好氏への追悼文を次のように書いていました。

…三好氏は新しい方法に風馬牛、あるいは拒絶反応ということではけっしてなく、横文字を縦文字に直した研究方法、カタカナ語の多い、欧米翻訳文献をやたらに引用することで新しいと自他ともに許すような風潮に、断じてくみしないということであったろう。ここには戦後におけるある強烈な〈挫折〉体験、あるいは外来思想に〈裏切られた〉体験が根深くひそんでいるのではないか。〈一種の攘夷思想〉（透谷）ではないが、〈傷〉も忘れた、あるいは〈傷〉などもともとなかった〈軽佻なる欧化主義者流〉に我慢ならなかったのではないか。

（「三好行雄氏を思う」平元・10「日本近代文学」）

敗戦時満十九歳という年齢や軍隊経験のないことから、戦中体験よりも戦後体験を想定したのですが、四歳年長であれ、ともに昭和二十年代に学生生活を送った者の〈青春否定の傷〉は年譜的事実が示す外的体験によって測られるものではないだろうと書いています。

（3）前田愛氏の場合

平成三年七月の「ある文学史家の戦中と戦後」と題する立教大学での講演の三ケ月前、山田有策氏は拙著『日露戦後文学の研究』『昭和文学史の残像』にふれつつ、三好行雄氏、とくに前田愛氏との比較を試みています（「さまざまな感慨」平3・4「文学」、『制度の近代』所収、平15・5おうふう）。『昭和文学史の残像II』所収の小文「少年鼓手浜田謹吾」について「あとがき」で前田愛氏の私信を引用し、「〈学兄の浪漫主義〉などと言ってくれた人はないのであり、葉書文ながら前田氏の個性ゆたかなこの礼状は私にとって忘れ得ない記念である」と書いたところを、山田氏は取りあげています。

この一文には「『方法』に関する一挿話」という副題がつけられているが、研究の方法というよりも本質的には研究の起動力や方向に関するもので、それが前田氏の「感銘」を呼び起こしたとみて間違いない、特に前田氏は「八月十五日」という日付にも「感銘」をしているわけで、両氏がいかに〈戦後〉に責任を負っていこうとしたかをきわやかに物語っている。こうした世代的な連帯感はもちろんのこととしても、前田氏は平岡氏の研究の奥底に潜むものを「学兄の浪漫主義」という言葉で表わしたが、それは前田氏の資質でもあったのだ。それは両氏の研究の第一歩をふり返ると明瞭にみてとれる。前田氏の『幕末維新期の文学』と平岡氏の『北村透谷研究』とは文学史論と作家論という違いはあるものの、共に日本の〈近代〉の成立の根幹にかかわるもので、言い方をかえれば両氏の〈戦後〉への責任の負い方をみごとに証し立てているのである。両氏は共に日本の〈近代〉をそれぞれ編成し直すことで、〈戦後〉を荷ない、歩み始めたと言って間違いはない。そこに両氏の「浪漫主義」の資質をみてとるのはひとり私だけであろうか。

ここで前田氏の私信なるものにふれた拙書の「あとがき」の一節を引いておきます。

　第三部では、冒頭の「少年鼓手浜田謹吾」について忘れ得ぬ思い出がある。当時、雑誌「日本近代文学」の編集委員長は前田愛氏で、氏はこの学会誌活性化のために新たにコラムを設け、私に皮切りを依頼してきた。そして、わたしの原稿のコピイを読んで礼状を書いてくれたのだが、今はない前田氏の思い出としてここに引用させていただこう。

　「例年にない残暑に加えて、横浜のY高が勝ち進んでいますので、ついTVの高校野球中継に見惚れる結果となり、仕事の方は薩張です、浜田謹吾のはなしの玉稿、大野君からコピイが届きました。八月十五日という日付もさることながら、学兄の浪漫主義の一端を垣間見る想いで、感銘致しました。早速冴え〴〵とした短章をおくってくださったこと有難く、これで新設の欄も錦上花を添えた感があります」云々（昭58・8・21付）。〈学兄の浪漫主義〉などと言ってくれた人はないのであり、葉書文ながら前田氏の個性ゆたかなこの礼状は私にとって忘れ得ない記念であるとともに、この小文への文字通り有難いコメントである。

山田有策氏は「行き方は若干ちがっても話せばわかるといった通底感」という私の前田氏追悼の一節を引きつつ、方向の差違を顕著に感じることになったのは『都市空間のなかの文学』の内扉に「文化記号論の試み」と記してからではなかったかとして「確かにこの時点において前田氏は自らの文化史的拡大を文化記号論あるいはテクスト論として理論化し始めている。以降、前田氏はいささか性急ともみえる形でこの理論化に全力を傾注していった」と書いています。「いささか性急とみえる形で」とあるところ、前田氏の『上海』論が〈都市空間〉として成り立たぬことを指摘したことも想起されます（『昭和文学史の残像I』所収『上海』論参照）。

山田氏の『都市空間の文学』と『日露戦後文学の研究』の比較検討の一節を引きます。

> 世代的にも資質的にもほぼ同根とみられる両氏の、昭和が終りかけている時点における『都市空間のなかの文学』と『日露戦後文学の研究』（上下）のこの二著は、まさしく戦後において二人が到り着いた研究の両極を示しているのではないか。いや、それは単に二人だけの問題にとどまらず、近代文学研究における現時点での問題の所在をきわやかに明示してくれているようだ。前田氏がこれまでの研究方法そのものを一変させるべくテクスト論にのめりこんでいったのに対し平岡氏はあくまでこれまでの研究者がたどってきた〈歴史〉の合理性を可能な限りすくい上げ自らの方法を創出していったと言える。別言すれば前田氏が前記の「空間のテクスト　テクストの空間」にみられる通り欧米の研究方法を吸収する方向をたどったのに対し、平岡氏は『昭和文学史の残像』IIの「戦後の文学史像」「文学史の方法」「方法の一角」などの部立てに明らかなように、日本の〈近代〉の成立期からの研究方法のつみ重ねや発展の内部から新しい方法をくみ上げようとしてきている。

このあと山田氏は、同じく『昭和文学史の残像II』所収の江藤淳・平岡対談（「文学史は果たして挑発か」昭63・6「國文學」）の一節「翻訳について」を引いて、「つまり欧文で成りたつ文学を対象としての理論や方法について一定の距離を置いているのである。それが前田氏との方法の差違として現われているのではないか」と述べています。ここで山田氏がふれていない差違をつけ加えておきます。

さらにつけ加えるならば、私の〈昭和〉には戦争があり、戦中の軍隊体験があったのだ。前田愛氏は昭和六年の四月二〇日生まれで、私より一年二ヶ月ほど年下であるが、学年的には二年の差がある。戦中におけるこの二年の差は大きい。私はこの差の期間近く陸軍にいたのであり、少年兵として実弾を打ち、グライダーに乗り、いつでも死ねる訓練を受けていた。こうした〈戦中〉が私たちの〈戦後〉にどうかかわっているかは、容易に語ることも記すことも結論を出すこともできないが、この〈戦中〉体験が超国家主義《ウルトラ・ナショナリズム》に裏切られた思いをいっそう強くするとともに、〈戦後〉に来た政治や観念から裏切られた思いとも重なってくる。この二重の裏切られ方、それはたんに被害者感覚ではなく、自分自身への裏切りでもあって、天《あめ》の下、たしかなものはないという思いが、たとえば夏目漱石研究史にかかわっても横切るのである。漱石評価百年の消長は、必ずや漱石評価の低落のくることを考えさせ、漱石を最大なものと前提してのあれやこれやの研究にいとまない私たちのありように影をさすのである。

六　佐幕派の文学史

ここ数年、日本大学（芸術学部）大学院で「佐幕派の文学」と題する講義を行っています。〈佐幕派〉の視点から北村透谷と国木田独歩を論及した本が最近出ましたが（平21・4、おうふう）、これはちょうど十年前、NHK（ラジオ第2）で半年放送した折の書きおろしのテキストで、それに補論を二つほど加え、年譜を新しくしたものであります。

〈佐幕派〉の視点に立つことで、明治文学史は蘇るというのが私の立場でありまして、まず、福沢諭吉「瘦我慢の説」を論及し、ついで東海散士『佳人之奇遇』に及び、『当世書生気質』『浮雲』を「佐幕派子弟の物語」として読み返そうとしています。

七　『明治文学史』研究

もうひとつ、死ぬまでに私が書き残しておきたいと思う文学史研究は、これまで世に出た「明治文学史」を対象とする研究であります。その最初は四十五年前の「『明治文学史』研究序説―内田不知庵『現代文学』―」（昭39・2「文学」）であって、この論文は続く「山路愛山『明治文学史』上下」（昭41・2「文学」）と共に未だに単行本に収録していない。第三の「明治文学史」たる北村透谷「明治文学管見」（『日本文学史骨』）、第四の大和田建樹『明治文学史』の研究が続くはずです。用意はしてあるものの、せめて明治期編だけでもまとめておきたいと思います。けだし、文学史研究の究極は、従来の「文学史」を継承しつつ、いかに「文学史」を叙述するかにあると考えからでありますが、「文学史研究における継承と断絶」の問題も、この辺で一応打ち切ることにしたいと思います。

日本近代文学会関西支部創設30周年記念シンポジウム

文学研究における継承と断絶――関西支部草創期から見返す――

司会・ディスカッサント　太田　登
田中励儀
パネリスト　浅野　洋
谷沢永一
平岡敏夫

太田　登　最初に私たちの方で、谷沢さん、平岡さんの話に対する感想から入りたいと思います。まず、私事ですが、浅野さんが作成された年譜（本書5～8頁）を御覧いただきますと、「I　方法論論争」の昭和五十一年五月、日本近代文学会春季大会でシンポジウム「批評と研究の接点」が大妻女子大学で開催され、司会は吉田凞生さん、メンバーは前田愛さん、谷沢永一さん、磯田光一さんでした。その会場に私も参加しておりましたが、これほど衝撃的なシンポジウムはこれまで無かったという印象をいまだに持っています。今日、お二人（谷沢・平岡）のお話からそれを思い出すことができました。思い起こせば、方法論論争も含めて、ちょうどこの時期から、いわゆる作品論なるものからテクスト論ふうに、研究史で言うと、このシンポジウムが狭間であったと思います。後は、闇雲にと言うと言い方が悪いですが、テクスト論、あるいは、後の文化論へと加速度的に研究方法が傾斜していくという印象を強く持ちました。今日のシンポジウムの最後に、研究方法はいかにあるべきかへ結びつけていければと思っております。

田中励儀　昭和五十一年といえば、私はまだ大学院の一年生で、学会のこともよく分かっていなかったので、残念ながらシンポジウムを聞くことができませんでした。その後、方法論論争は、「日本近代文学」第23集ほかの活字で読ませていただいて大きな刺激を受けました。昭和五十四年に第一回の関西支部大会が関西大学で開かれ、私はその時最初の研究発表をさせていただいたのですが、いわゆる実証的な方法でさせていただけて嬉しかったことを覚えています。谷沢先生が「文学研究に万能の方法論はありえない、方法はあっても、方法論はない」、「あの手この手の思案を胸に作品に向かってゆく」と主張され、意を強くしました。もうひとつは、参考文献目録です。当時は、「國文學」や「解釈と鑑賞」の後に附録の形で付いている、どこまで現物を確認したのか分からない、あやしげな目録でもまかり通っていた時代でしたが、そんな中で、谷沢先生の作られた目録は正確無比で、編集方法なども学ばせていただきました。そもそも、参考文献目録そのものが研究の対象でありうるのだと教えていただき、私などは、谷沢先生から強く影響を受けました。今日のお話もとても楽しかったですし、それが、私たちの後の世代にどのように伝えてゆかれるのかというところに話を進められたらよいと思っております。それから、平岡先生の話に対しては、私には苦手な文学史という広い視野で多くの仕事をされてきたことに敬服しております。『〈夕暮れ〉の文学史』を読ませていただきましても、近代文学だけではなく、古代から現代まで幅広く一貫した問題意識で捉えられており、こんな見方ができるのかと感動して読みました。日本近代文学会のお仕事でもいろいろとお教えいただいて、私は、とても有難い教育を受けたと思っております。ただ関西支部三十周年を歴史的に振り返るだけではなく、それも踏まえてこれからの文学研究はどのようにあるべきか、研究者はどのように進むべきかという問題へと

持ってゆきたいと思っております。

浅野　洋　実は、関西でこういう特集でシンポジウムをやると、先だっての東京での日本近代文学会春季大会の懇親会でできれば参加してほしいと宣伝し回ったところ、何人かの方が大変関心を持っていただきました。例えば、池内輝雄さんは、前田さんと谷沢さんと磯田さんと司会の吉田さんの四人で事前に打ち合わせをやったとき、運営委員として参加されて、その場はお酒も入って、「そちらの方がよほどシンポジウムらしかったことを鮮明に覚えている」と懐かしがられ、できればそちらへ伺いたいが、予定が入っているので残念ながら失礼する、と。それから曾根博義さんは、このシンポジウムの時にはまだ学会員じゃなかったそうですが、誘いを受けてたまたま大妻女子大に出向いてみたら、大変、刺激的なシンポジウムだったので入会を決意された、大変印象に残る大会だったということでした。それから、中島国彦さんと話した時に、その表にある前田さんの「最近思うこと」（後に「谷沢永一氏への疑問」と改題）の原稿が日本近代文学会の編集委員会に送付された時に、実はタイトルが無かったので、編集委員の中島さんがタイトルを付けたんだと懐かしそうにおっしゃっていました。山田有策さんも非常に関心を持たれたのですが、当日は代表理事を務める松本清張学会のために失礼をするという話でした。皆さんの関心をひく企画であったかなという気がしています。

今日のお話しで、谷沢先生は、ともかく「最後にものを言うのは事実だ」と強調されていました。その事実の例として、あらゆるリストから漏れ落ちている雑書の収集などが自分の大きな仕事であるとおっしゃられました。それを僕なりに翻訳をして考えてみますと、リストに載らない雑書は、ある意味で、サイレントマジョリティー、沈黙する大衆、それを掬い上げることにもなるのではないか。例えば、前田さんの読者論とは方法が違いますが、谷沢さんの雑書の収集も、埋《うず》もれた読者やテクストを掬い上げる、実はそこに文学研究の醍醐味があるのだとおっしゃられたのだと、僕なりに聞かせていただきました。それから、平岡さんのお話しですが、最後の方で「佐幕派の文学」を何とかしたいとおっしゃいました。それを聞いて思ったのは、「佐幕派」は、勿論、明治維新の時に敗れた連中であるわけで、山口昌男さんの著書『敗者の精神史』にあるように、勝者と違って敗者は沈黙せざるを得ない、敗者の言説は埋《うず》もれてゆくわけですが、そういった敗者のロマンが、同時に平岡さんの戦中体験や敗戦体験ともどこかで結び付いていて、お仕事の強いモチベーションになっているのではと感じました。この敗者の文学史もいってみれば、埋《うず》もれがちな言説を掘り起こし、沈黙の声を拾うお仕事であって、お二方の話を大変興味深く聞かせていただきました。現代の研究でもサイレントマジョリティーをいかに掘り起こすか、また、それを含めた文学をどのように位置づけるかが問われているという気が致しました。

太田　昭和五十一年のシンポジウムで行われた「批評と研究の接点」は、本来の文学研究と批評という新しい方向性を研究方法としてどう結びつけてゆくのかというものだったわけですが、当事者の先生方から、

「研究と批評」その視点で、研究方法の立場でお話しください。

谷沢永一　本人が出席して、やったのですから、何を申しても自己弁解になりますが、あの時の「批評と研究の接点」と問題提起の設定そのものに私は関知していないのです。学会の運営委員の方がたがお考えになったことで、なぜ、そういうことをお考えになったかといいますと、当時は、実証的な、つまり、証拠をあげて、あるいは、事実をあげて研究する方法とは別の、印象批評といってしまえば極端ですが、そういうムードがありましたから、それに対して、私は反撥したのです。当時は技術というういい方ですが、文学研究に限らず、何の分野であろうとも決まりきった方法論、つまりひとつのステレオタイプな方法はないというのが私の考えでして、但し、それは、今、太田さんがおっしゃったように当時は非常に少数派でした。むしろ、今の方が、印象批評的なムードが高まっているのではないかと思います。つまり、印象批評は、なぜよろしくないかといえば、それはどうにでもいえるなんてことは、私にいわせればおかしい。どこかでピタッと決めてしまう断定できる証拠とプロセスが必要ではないかと。それを方法論といってしまえば、あまりにも固定的であると。だから、私は中間を行こうと考えた。三好行雄が方法論といったのは、あれは池田亀鑑のことを指していると私は考えました。皆さん、ご承知でないと思いますが、昭和の国文学界で、池田亀鑑という存在は、まさに大きなタンクがガァーと行進するような重みのある存在であり、古典の古写本を為家なら為家が写したものを何遍か転写された写本から元の原典に、その人の作品が書かれた当時の原型に戻しうるという前提の下に池田亀鑑の学問が成立しているのです。私は、それは不可能である、もはや、我われは古典の原型に戻ることはできないというのが当時の考えでしたし、今もそう思っております。ところが、近代文学の場合は、原典が現にあるのです。現にあるのですから、原典に戻るか戻らないかは成立しなくて、例えば、初版本なら初版本を手にすることができるわけです。そうすると、そこから何を引き出すかは、本人の印象ではなくて、何らかの証拠をあげて実証的なものでなくてはならないと私は思ったのです。しかし、私が実証的なことをやったのかといわれたら、まことに赤面する以外にないわけで。つまり、文学研究で、本当に実証的なことができるかどうか、私は自分も含めて疑問に思っております。だから、平岡さんがどうお考えか聞いてみたいと思っているんですけど（笑）。

太田　平岡先生は、北村透谷研究をまとめられる時期に重なりますが、今、谷沢さんからお話しがありましたので、平岡さん、お願いいします。

平岡敏夫　『北村透谷研究』は昭和四十二年に出した本で、シンポジウムは十年後のことです。このシンポジウムには私も出席していて、司会者の挑発に引っかかって発言し、司会者に代わって司会したと御礼を言われたのだが（笑）、私も谷沢さんと同じように「批評と研究の接点」がテーマだったとは思っていません。磯田光一という批評家が研究者と同壇するから、こじつけたような、こう言えば身も蓋もないが、先ほどお話しました「文学史研究へのアプローチ」（昭和53・1「解釈と鑑賞」）で、「批評と文学史」を繰り返し言っているわけです。今日、私が強調したかったことは、作品論が流行しているという研究史の整理の仕方そのものに異議を唱えたいわけです。作品論と言いますが、『作品論の試み』と前後して、三好さんは『日本文学の近代と反近代』といった文学史論も書いています。そういうように、作品研究と文学史研究とが両輪のごとく行われるのが近代文学研究の本筋だと思うのです。現実には、両輪のごとく行われていたのに、結局、三好さんの『作品論の試み』だけが取り上げられた。作品論からテクスト論という風に整理してはいけないと。つまり、研究史をもう一度再検討するのであれば、現実に文学史論が書かれていたこと、作品論が書かれていたことと両方を見据えて近代文学研究史、あるいは、研究方法の過程を捉え直さなければいけないと。このシンポジウムでも問題になっている、あまりにもドラマ化し過ぎているというか、美化し過ぎているというか、作品論と言っても、結局は、主観的な、批評という名前だけの自分の自意識の中だけで書き上げたものではないか、という谷沢さんの批判は当たっているわけです。私も『漱石序説』（昭和51、塙書房）で作品論を中心にすると同時に、『日本近代文学史研究』や『日本近代文学の出発』を出しています。現実にそんなわけですから、こういう風に作品論だけで研究史の整理をされたら何にもならないじゃないかというのが私の異議申し立てです。元々、私は最初から作品論が流行したという考えに不満を持ってきたし、そういうことを書いてもいます。作品論と共に文学史論を合わせ継承すべきで、これまでの研究そのものがジャーナリスティックになり過ぎているのじゃないかと。

太田　私の本音も実は平岡先生と基本では一緒で、文学史研究をベースにした作品研究でなければならないと個人的には思っていますが、三好さんの『作品論の試み』の影響がやはり強力でした。それから、谷沢さんがシンポジウムで強烈に叩かれたのが越智さんの『漱石私論』です。はっきり『漱石私論』の中身は全く無いとおっしゃいましたが、作品論というレッテルがかなり強烈にありました。作品論だけで括るのはよくないというご指摘ですが、その前史に作家論があったと思います。平岡さん自身もシンポジウムの十年前『北村透谷研究』をやはり作家論でお書きになりました。樋口一葉、石川啄木など特に伝記研究を中心とした作家研究、それが昭和三十年代の近代文学の研究のベースにあり、その次に作品論といった風な捉え方をどうしてもしてしまいがちです。それが文学研究のひとつの見立てに過ぎないのは、確かにおっしゃる通りだと思うのですが。

浅野　今、平岡さんから、あまり作品論、作品論と言うなとお叱りを受けたのですが（笑）、作品論が華やかに持て囃され、エピゴーネンがたくさん出たのは事実です。僕がもうひとつ関心を持ったのは、作品論が、谷沢さんが「文庫本一冊で書ける」と比喩的に揶揄されていたように、作品の持っている背景からどんどん遠ざかり、非常に恣意的な解釈が一人歩きする作品論が再生産され、言ってみれば、非常に痩せた解釈論になってゆくわけです。また、今日のリストに落としてしまったのですが、磯田光一さんが永井荷風論をお書きになって、江藤淳の『漱石とその時代』もそうですが、批評家の側が本来研究者のやるべき伝記研究を、あるいは、作家を取り囲む空気みたいなものを包摂したような仕事にどんどん入ってきて、他方、研究者はどんどん痩せた作品論に走ってゆく傾向になった、その問題をどう見るかと考えると、「研究と批評の接点」にも相当意味があると今度読み返して思いました。そういう問題と重ねてみて一体何が見えるのかと。皆さんに参加していただきたいと思います。

太田　この辺りで、会場の方からのご発言をいただきたいのですが、今、浅野さんからもありましたように、一九七〇年代の研究状況の中で批評と研究をめぐるひとつの方向性があったわけですが、関西支部の立ち上げがちょうどその時期と重なるわけです。私の記憶しているかぎりでは、猪野謙二さんの存在が大変大きかったと思うのですが、その辺で、今日会場におられる相馬庸郎さんからご発言をいただきたいのですが。

相馬庸郎　実は、僕は三好さんと同じ年の生まれです。今迄触れられなかったことで、僕らの学生時代や院生時代は、国民文学論に非常に影響を受けてやってきたことがある。それが、やがて行き詰まってしまったのです。それを打開するため、もう一回、すべてのイデオロギーを抜きにして作品に即して丁寧に読まなくてはならない、そこから何かが出るのではないかと考えたのです。平岡さんのレジュメにもある「文学史の会」に集まり、僕も平岡さんも、高校の教師の時代でしたが、三好さんや越智さんや佐藤勝さん、畑有三さんたちと、例えば、太宰治の作品をひとつひとつ取り上げて細かに研究したり、中原中也の詩を作品に即して論じあったりしたのです。あの時に、作品論に行く必然性は、左翼の側からも、そうでない側からも非常に必然的であったと僕は考えております。

話題を変えて研究と批評の問題ですが、猪野先生は立原道造などと一緒に一高時代から東大時代に小説をお書きでしたが、後年になって文学史家として中心人物になられた時に、我々の研究は、己を無にして、まず作品に向かい合わなければならない、同時に、批評的な視点、創作的な視点を離れてはいけない、そこがむつかしい、と常々おっしゃっていました。それで思い出すのは、谷沢さんが大正文学について研究書をお出しになった時に、高見順がこれほど優れた批評の研究書はないと絶賛したことです。それを読み、僕なんかは、研究者たらんと努力していた時期で非常に力強く励まされたことを覚えています。だから、究極的に言えば、非常に優れた研究は、同時に、批評としても非常に優れたものであって、批評と研究は、基本的に矛盾し合う関係のものではないと思います。

太田　研究史のうえで非常に貴重なご意見をありがとうございます。

谷沢　作品論の話題が先ほどからたくさん出ているのですが、私の考え方では、大きく二通りの道があると思います。ひとつは、長谷川泉がやった方向があって、戦後の近代文学研究のいわゆる作品論のカーテンレーザー（前狂言）だったのです。『近代名作鑑賞』の場合、非常に禁欲的に、自分自身の主観的な批評をできるだけ加えず、作品の当時の批評とか、具体的に手触りのあるものを使って作品論を作ることを長谷川泉はやっていたわけで、三好行雄はそれが前提にありましたので、どうしても長谷川泉と違うものをやらなければならない使命感のようなものを抱いて、そこで、あの『作品論の試み』、私にいわせれば非常に主観的なものが出来たのではないかと思います。もう一度、長谷川泉の素朴と言えば素朴なのですが、そこから方法に注目するのが大事ではないかと私は思っております。

太田　ありがとうございます。作品論に拘りすぎるとあまり前に進みませんので、この辺で視点を変えたいと思います。先ほどから、三好さんのことが話題に出ていますが、三好さんが一九九〇年五月に亡くなられ、かれこれ二十年近くなるわけですが、この二十年間で近代文学の研究状況が大きく変わっていったと思います。ちなみに一九九〇年代の学会の大会テーマを拾ってみますと、例えば、九〇年代の初めに「近代文学と翻訳」、メディアという言葉が学会用語として出てくるのが目立ちます。それから「表現における性差」つまりジェンダー論もクローズアップされてきて「性という規制」など、九五年には「日本近代文学の中のアジア」これは後の植民地問題と併せて、アジアの中の日本近代文学、あるいは日本近代文学の中のアジア、それから九六年では「大衆の発生と文学」、その年の秋が「文学の中の政治学」、さらに九九年「近代文学の中の男性像」、その年の秋に「こころ」をテクストとして「文化研究の可能性」という象徴的なテーマで、九〇年代は文化研究の可能性という論点で締め括られるというのが象徴的なことと思うのです。九〇年代の都市論なども含めて、ひとつの文化研究に関わっての発言をいただければと思うのですが。会場の方から、いかがでしょうか。同志社大学の真銅さん、いかがでしょうか。

真銅正宏　相馬先生のおられた神戸大学出身で、現在は同志社大学ですが、私はこの方法論論争の頃は、まだ中学生でして（笑）、ほとんど実際のことは分かっていないのですが、後から随分勉強しました。今、文化研究の話が出ましたが、我々は、前にある研究に対してそれを吸収し、それと違う方法を打ち立てることばかりに力を注いできた感じがしまして、研究がどんどん小さくなってゆきながら、でも学会発表のレジュメは分厚くなり、対象は狭くなってゆく現状にあります。今、文化研究のことをおっしゃいましたが、文化研究が流行ったら、我々は学生たちに一回は文化研究を通ってもらわなくてはいけないと思い、自分も勉強して、その中でまた違うことを考えなさいということを繰り返しています。この現状は、相馬先生がおっしゃっていたように、国民文学論争があったら、作品論へゆく流れが生れる、客観性ばかりでいくと駄目なので、谷沢先生がおっしゃっていたみたいに、主観的なものが入る、こういう揺り戻しばかりやっているのと同じではないかと感じています。ここからの打破の可能性について今日はお聞きしたいと思って参りました。揺り戻しの中で大きな研究に戻してゆくことについて先生方に何か指針をいただきたいのです。教育現場の当事者として非常に困っており、何か一言でもヒントをいただければと思います。

太田　教育現場の声を伝えていただきました。いかがですか、谷沢さん。

谷沢　今、おっしゃったレジュメがだんだんと分厚くなるといいますか、量が増えるばかりといいますか、まことに鋭いご指摘で私も歳のせいか、会報なんかを見ましても、レジュメが何をいっているのか分からない、複雑怪奇なレジュメが横行しているのではないかと思います。先ほど、太田さんが学会のメインテーマを連呼されましたが、お聞きしていると無理に捻り出した、もうテーマがないから、次はこんなテーマしかないんじゃないかということで無理やりに捻り出したのではないかと思います。そんな複雑なことをいわないで、もっと単純明快なやり方がないものかと、それを若い世代に模索していただきたいのが私の願いでございます。

平岡　私も長年、教師をやってきたのですが、学生や院生に指導する時、我々がやっていることはまさに継承と断絶であって、まず継承、先行文献を継承し、特に作品が出た時の同時代批評を全て洗ってみると、現在イデオロギーや流行やなんかで汚染されているといったら聞こえが悪いが、そういう作品論と違う批評がある、つまり当時の人の見た眼でやりなさいというわけです。同時代批評や研究を見る、実際に新聞や雑誌を見なきゃ駄目だぞ、全集や人の書いた本を見るだけでは駄目だと言っています。同時代批評以後の研究が、その継承をやってゆくのが一番大事なわけです。それをやれば、何かしらヒントやアイデアは出てくるわけです。先ほどの相馬さんの話で申しますと、国民文学論の後に作品論の方向へ行った話は確かです。私の例で申しますと、昭和三十六年ですが、初めて日本近代文学会が東京以外で大会を開き、秋季大会を北海道大学で行ったわけです。その時、運営委員でもあり、発表者でもありました。博士課程の三年生で、その時に「透谷試論」を発表しまして、サブタイトルに「《国民》へのアプローチ」と付しました。明らかに国民文学論の流れを受けて、個人主義的、近代自我中心的な透谷ではなく、透谷が言う「国民と思想」の問題、ナショナリスティックな側面から今までとは違った捉え方ができるのではと思ったのです。その発表が終わって指導教官の吉田精一先生から、その際「平岡君、国民とかそういうこと言っていると右翼の扱いを受けるから」とチェックされました（笑）。そういう状況だったのです。作品論だけじゃなくて文学史とか、ナショナリズムとかいう方向でやっていた人間がここに居るわけです。相馬さんが言っている作品をしっかりやろうという方向も確実にありました。相馬さんも参加されておられた三好さんを中心とする文学史の会もとても勉強になったわけで、色々な作家を取り上げ伝記よりも作品を中心でやったことは事実です。中原中也の詩なんかも当時すでに流行しはじめており、皆で寄ってたかって、といっても十人ぐらいで、色々な側面から討議をして、こういう風に読めるのでいいのではないかということをやってきたわけです。

田中　私自身がテーマとしている泉鏡花研究に引きつけますと、一方では、しっかりした作品本文を確定していこうという方向、あるいは細かい注釈をしていこうという方向と、他方では、西洋の批評など様々な理論を使って新しい鏡花の魅力を導き出していこうという方向とがあり、この二十年の間、それぞれに成果をあげていますが、ふたつの方法に上手く橋を架けるような研究が生まれていないというのが私の実感です。先ほど真銅さんや谷沢さん平岡さんも言われたことと関係があると思いますが、そういう状況の中で現在、一線で活躍されている若い研究者の方々は、例えばどんな風に受け取られて自身の研究を進められているのか聞いてみたいのですが。

佐藤秀明　すみません。若くないのですけど（笑）。近畿大学の佐藤です。今日はお二人の先生ありがとうございました。今日のお話の中で何回か出てきましたが、前田愛をどう思っていらしたのかを質問にさせていただきたいと思います。特に、『都市空間のなかの文学』をどういう風に評価されたのかを伺いたいと思います。お答えいただく前に、どうしてこういうことを伺ったのか話をさせていただきたいのですが。作品論の越智さん三好さんについて厳しい批判を谷沢先生がなさった、その時期に前田愛は、越智、三好と学校が同じですから、たぶん近くにいた人だろうと思います。しかし、谷沢先生の批判されているのを越智、三好の近くにいながら、最も拍手を贈っていたのは前田愛ではなかったかと私は感じております。浅野さんが作ってくれたこのプリントにありますように、前田愛の『樋口一葉の世界』が昭和五十三年十二月に刊行されますが、書中にあります「子どもたちの時間―『たけくらべ』試論」は昭和五十年六月の「展望」に掲載されています。ということは、作品論批判があった時に、前田さんは、うっすらとですが都市空間論の準備を始めていて、「たけくらべ」論で手応えを掴んでいた時だったろうと思っています。前田さんからすれば、三好さん越智さんをどうにかして別の形で乗り越えるか、別の形の研究を出そうという意欲を持っていた、そこへ谷沢先生がお二人に対して厳しい批判を投げ掛けた。これは、自分が壊さなくても壊してくれる人が出てきてくれたことで喝采をしていたのではないかと秘かに感じております。平岡先生は、作品論の流行という見解は嫌だとおっしゃいました。そう言う平岡先生は、『日露戦後文学の研究』を、前田さんの『都市空間のなかの文学』が出版される頃には、準備をされて出版されているわけです。日露戦後の文学を構築されていた平岡先生は、前田愛をどう見ていたのかを伺いたいと思います。それから、谷沢先生は、方法論など無い、「あの手この手でやるのだ」と、方法はあるが方法論など無い、そんな万能なものは無いのだ」と何度も形を変えておっしゃいました。ところが、前田愛が『都市空間のなかの文学』で提出したのは、都市空間論という一種の方法論だったわけです。『都市空間のなかの文学』の一番初めの章は、まさに数学を使った方法論的なアプローチ、抽象的な方法論を打ち出してきた。そういうのを谷沢先生がどうご覧になっていたのか。谷沢先生は、前田愛に対して「ベルリン1881」を批判され「40過ぎて化粧して飛んだり跳ねたり」と当時流行っていた沢田研二をもじって揶揄されていました。しかし、私の読んだ感じでは、その揶揄がとても温かみのある揶揄で、なんでもっとやっつけなかったのかと（笑）。私は前田愛の所で勉強していたものですから、なんでもっとやっつけないのだろうと、前田さんがどんどん調子に乗ってしまうじゃないか

（笑）と思って当時見ておりました。それを現在の所へ繋げたいと思います。この十年間に、私は、「日本近代文学」の編集委員を二回ぐらいやりまして、今年三月まで携わっておりました。先ほど、太田さんが近年の大会のテーマを挙げられましたが、作品論というテーマが無くなってから、翻訳だとか、ジェンダーだとか、アジアだとか、政治学だとか、男性像とか、文化研究とかいったひとつの作品の中を論じるものよりも汎用性の広いものを論じようという傾向が出てきたと思います。これは学際的研究あるいは学際性が重んじられるようになってきたのと、知の変動が言われて、パラダイムの変換が言われて、そしてポストモダン言われて、そういうことと関係していると思うのですが、ひとつの作品の中を、あるいは一人の作家の細部を細かく探ってゆく研究が、皆が共有できない感覚があって、より広い所で皆で共有したい気持ちがあったと思うのです。ここに方法論というものがなお残ってしまっている。あるいは、方法論幻想が残ってしまっている。つまり、前田愛が出てきて、都市空間という方法論をやってしまって、それなりに鮮やかにやったものですから、それを見ていた私たちの中にも、ああいう一種の全能感ですが、汎用性のあるあの幸福感、何か金脈があるのじゃないかと。ハッキリ言って大学院生の頃からつい最近まで余所の学問領域に色んな作品を一気になぎ倒せる方法論がないかと思い、あっちの領域を覗いたり、こっちの領域を覗いたり、要するに金脈探しを私なんかもやってきていましたし、今の若い人もやっています。そして、「日本近代文学」に投稿してくる論文も、ある作家、ある作品をタコ壺的に論じたものは、もう駄目だというような意識が若い人たちの中にあって、どこかで自分も金脈を探してやろうじゃないか、一発当ててやろうみたいな論文がやはりあるのです。谷沢先生がおっしゃった「方法論なんて無い」のは、金脈なんて無いのだからコツコツ働けということだと思います。ところがちっともコツコツ働く気にならないのです。今の研究者は。私も含めてですが、今の若い研究者は、コツコツ働いた方がいいのは分かるのだが金脈があるかもしれない金脈幻想みたいなものが、つまり、方法論幻想が残ってしまったのではないかと思います。という観点から、前田愛のことをお二人の先生はどうお思いになられていたのかお話をしていただきたいのです。

平岡　今日は前田愛さんのことについて、山田有策さんの文章を借りながらお話したのですが、浜田謹吾の小さな文章を巡って前田さんからの葉書ですが、あれを見ても前田さんは非常に感受性に富んでいて、しかも新しい研究に敏感で、自分がそう思えば率直に言う人でした。会えば、色々な問題についてああだこうだと話していましたし、あの人はひょうきんな所もありまして、頭をポンと叩いて舌を出す癖がありまして、私がやって見せる必要はないのですが（笑）。私はあの人と二回ほど論争みたいなことをやっています。柘植光彦さんの「現点」誌上で、私は漱石の「門」について反論しました。そして、『都市空間のなかの文学』の中の『上海』論は成り立たないことを「解釈と鑑賞」の横光特集に書きました。簡単に言うと、前田愛の『上海』論の図式の中の上海は現実の上海そのものが裏切っているのです。私も一九八二年頃から上海に行って調べたのですが、横光の『上海』に書いてあるとする前田さんの光景は合成したものだと思います。実際にはそういうものではなく、これは私の論を読んでいただくしかないのですが、ともかく『上海』論で異議申し立てをしています。

谷沢　とにもかくにも、前田愛さんがもっと長生きをしてくれたら、近代文学はもっと面白いものになっていただろうと私は思います。今、平岡さんがいみじくも感受性という言葉をお使いになりましたが、まことに感受性に富んだ人でした。しかし、実証性となると一体あの論は成立するか、足許になるとこれは問題があり、私は、丸谷才一氏を批評家として大変高く評価しているのですけれど、その丸谷才一が前田愛を高く評価しているんです。なぜ、丸谷才一が前田愛をあそこまで高く評価しているのか、私にはちょっと理解できない。前田愛という人は、私にいわせれば大変面白い人でした。もっと齢を重ねたらどんなことをいい出したか想像するとじつに面白い光景ができただろうと思います。しかし、あの調子でいったらいくらでも話が膨らんでいってとめどもなくなるのではないかとそういう危惧を私は持っておりました。しかし、惜しむべき人でした。いみじくもおっしゃったように、前田愛の標的は三好行雄でした。三好行雄のやった形とは全く違った形で追い抜こうというマラソンでいうならば、突然ダッシュして走り出した点があったと思います。しかし、ああいう調子でいったら、話は面白いばっかりで少しも足許がはっきりしないのではないかという感じでした。とにかく才能でした。その点は明らかです。しかし、文学研究は才能だけでやれるものではないという考えが私にはあります。つまり、才能プラス何ものかが必要であって、それをどうして出し続けるかが問題だと思います。

平岡　ちょっと思い出しまして、「現点」誌上でのやりとりの感想が蘇ってきました。前田さんの作品論は、作品そのものの価値判断はそう変わっていないんです。〈都市空間〉という視点から、いろどり鮮やかに美しく料理《クック》されているが中味は変わらないと書いています。作品の価値そのものは変わらなくて、ただ飾り付けを変えただけといった感想を持ちました。偽らざるところです。そういうデコラティブなものに若い院生が幻惑されて金脈があると思って金を探すとか何とかおっしゃっていたと思いますが、やはり研究ですから、アイデアを見つけることは前田さんだけではなく誰でも考えているんです。それを如何に実証的に皆が納得できるものを出せるかということ。そのアイデアこそが金だと思うのです。

佐藤　文学史を考える時に作品の価値が問題になってきます。これまで価値はそれほどとは思われていなかったのに、自分は作品に、新たな価値を見出して論じ、その結果、文学史的な位置づけも変わってくることはあると思います。前田愛氏の論の中には、確かにそういう所は無かった、というか、本人は文学史に結びつける考えは無かったと私も思います。それが良かったのかどうか、私は批判的には考えられませんが、おっしゃる通りだろうと思いました。

平岡　浅野さんの発言についてですが、私の「佐幕派の文学史」について言えば、谷沢さんと関係があるのかもしれませんが、私は埋没作品の研究を筑波大でやっていたんです。自分の研究の対象とする本は、全部自分で買う。研究費は僅かですが、買うのは古本です。聞いたことも見たこともないリストが出たら、それを常に買います。そういう埋没小説を研究して、文学史の頂点や稜線を成す『浮雲』とか『舞姫』とかの作品と、消えているもの、埋もれているものを掘り出してきて、それらとの対比・研究を行うということです。「佐幕派の文学」は埋没しているものを探してゆく努力と同時に、一方で二葉亭にしても一葉にしても独歩にしても皆佐幕派の下級士族の子弟で、父親が官吏非職条例で首を切られている事実に注目しました。だから学校へ行けなくなる、立身出世が出来なくなる。そうして宗教や文学へ入ってゆく、だからこそ、反権力的で暗くてプライドがあって、そういう形で明治文学が生まれて行ったのではないかと。漱石の「こころ」の「明治の精神」とは「佐幕派の精神」だと考えています。皆さん、すぐには信用しないと思いますが（笑）、そういう論も書いています。

浅野　ありがとうございました。実は、佐藤さんと本日の学会の準備をしながら、雑談している時に、当時前田さんが大学院の授業で谷沢さんの『牙ある蟻』を用いられたと聞き、凄く象徴的だという話をしていて、やはり、前田さんは三好さんや越智さんが目の上のたんこぶで、それを谷沢さんが完膚無きまで叩いてくれたのでいよいよ自分の出番が来たぞと、内心でおそらく快哉を叫んでいたろう、と。ところで、先ほど相馬さんがおっしゃった国民文学論争ですが、文学の国民的解放なのか、その逆なのかと本多秋五の表現なんかを借りて国民文学論を総括している文章が前田さんにあります。そこで三好さんは深く傷ついたとされ、例の「国民文学の課題」（『日本文学』特集号報告集）の中では藤村について書いていらっしゃいます。一方、前田さんは国民文学論争の行く末をじっくり見据え、論争がやや不毛に終わる中で一定の道筋をつけた「思想の科学」の方向が、前田さんに示唆を与えたのではないかと僕は秘かに思っています。つまり、国民を「思想の科学」が提起した大衆のイメージに置き換えれば、中心にある文学だけではなくて、サブカルチャーを含む大衆を考えた時に前田さんの読者論というイメージが出てきたんじゃないかと思います。読者論をやった上で、特権的な文学テクストを作品論的に論じてゆくような袋小路ではなく、文学は様々な文化コードの中のひとつのコードに過ぎないと考え、そこから、都市論への道筋が展開されていったという気がします。前田さんの一連の仕事が『都市空間のなかの文学』に結実した時に、学会の注目がそっちの方向にどんどん流れていったというわけです。問題は、僕も含めた以降の若い研究者たちが、自分で返り血を浴びるような形で各々の方法というものを切り開いてきたのかということです。先ほど、真銅さんの話にもありましたが、やはり問題はどんどん縮小再生産になっていって、逆にいえば、研究者自身が提起してゆく方法について、どれだけ返り血を浴びているのか、そういう重さと言うか覚悟を持っているのかどうかが、やはり研究のスケールに関わってくると思います。根っこの深さみたいなものを僕ら自身に問い返す必要があると思います。

田中　その辺りのことを若い世代の方に聞きたいと思います。指名して恐縮ですが、日比さん如何でしょうか。

日比嘉高　蓄積に圧倒されておりまして、どういう風に発言していいものやらと困っている所です。佐藤さんが金脈探しのことを仰っていらっしゃいましたが、私自身もこれだけ研究が蓄積していて継承するべきものが沢山ある中で、それを学んだ上でさらに新しいものを積み上げて行かなければならないというプレッシャーはつねに感じております。そうしたプレッシャーや困難さはどこから来るのかと考えてみますと、もちろんお話に出ております、研究の積み上げがあるからですが、もう一方で、自分自身が大学院で勉強していた時と比べても、圧倒的に研究環境の面で便利になっていることもあると思うんです。先行研究の調べ方や古い雑誌や古い新聞や全集の量や、本当に便利になっていまして、本気で調べ始めるとたくさんのものが集まってしまいます。しかもコピーとか、図書館の取り寄せが非常に容易にできるとあって、たくさん集まるようになっています。そういう中で、どういう形で資料が積み上がり、どういう形で先行研究が展開を辿ったのかが、非常に見えにくくなってきています。私が大学院に在籍していた途中から『国文学年鑑』の検索がネットでできるようになりました。それまでは、たとえば私はその時、日露戦後の私小説的な作品がどうやってできるのかを考えていたのですが、谷沢先生の自然主義評論に関する御研究をたくさん読ませていただいて、参考文献にありますものを一個一個論文から拾って、自分の文献目録に付け加えるような作業をやっていました。そういう過程で、どれくらいの時期にどういう研究者の方がいて、こういう枠組みを作って次の世代の人がそれを壊していって、という〈地図〉をなんとなく私は描いていったと思っているのですが、ネットで検索できるようになると、例えば、「夕暮れ」と検索をかけると、「夕暮れ」に関係のあるものが、だあっと並んでしまって、その構造まで見えてこないんです。「夕暮れ」と引くと、平岡先生の本があり、何とかさんの本があり、ちょこちょこ摘まんで先行論を網羅したかなという感じに済ませられる傾向にある。自分自身の最近の先行研究の調べ方も振り返ればそうなってないかなと。怠慢と言われれば怠慢なんですが、ある種の研究の環境の変化が影響しているのかもしれないと感想として持ちました。

それからお話しを伺っていて違和感があったのは、新しいものを積み上げなければならないし、受け継ぐべきものは受け継がなければならないのですが、何故か、外国由来の理論とか批評とかの枠組みに対して否定的なご意見が多かったように思います。果たしてそうなのかと思います。理論を勉強することのひとつの意味は、私自身は自分が関わっている位置を問い返す契機を与えてくれるものと思っています。それは日本の研究であっても、外国人の書いた研究であっても批評であっても同じであっていいのではないかと思います。外国の理論を取り入れずに、日本人が日本語で日本文学を論じたもののみを受け付けてる、そういうニュアンスか分かりませんが、そうではないのではと思いました。

もうひとつは、最近の変化で、日本の近代文学を研究する人々は、もはや日本人だけではなくなっていると思います。大学で教えていれば留学生がたくさん来ているとか、国外にたくさんの日本文学研究者がいるのは当然目に入ってきますので、外国由来のものに対するある種の排除意識や、理論を学ばずにともかく自分の感じた所にぶつかればいいという発想は、暗黙のうちに日本人が日本文学を読むことを前提にしているのかなと多少違和感を持ったところです。誤解しているところがあれば、お叱りください。

最後に、お二人の先生にお伺いしたかったのは文学史のことです。今日の色々な話を聞いて、やはり、鍵になるのは文学史なのかなと思っておりました。先ほど、真銅さんが揺り戻しに右往左往するのが大変だとおっしゃいました。その通りだと思う一方で、私は、まだ、ふらふらしていて、作品論という流行りがあってテクスト論が出てきて文化研究が登場してきて、新しいものを追いかけるのだけでは駄目とはいえ、その次に、どういう所が我々の課題としてあるんだろうと思う時に、ひとつは文学史を今どういう風に考えるのかが個人的な関心としてあります。谷沢先生は、雑書の魅力をお話しなさいました。谷沢先生が「解釈と鑑賞」に連載なさっていた「探照燈」を私も拝読し資料について勉強させていただいたのですが、雑書を大量に集積してゆくことは最終的に文学史に繋がるものなのでしょうか。それとも雑書は雑書の世界としてあるものでしょうか。雑書と文学史の関係についてお伺いしたいと思います。平岡先生は作品論と文学史の研究は、車の両輪のようなものである、両方やらねばならないとおっしゃっていたのですが、その間の関係をどういう風にお考えなのかお聞きしたいと思います。作品論をいくつ足し算していっても文学史にならないと私は思います。作品を論じる作業と文学史を書く作業との懸け橋についてどのようにお考えなのかをお教えいただければと思います。

平岡　色々おっしゃいましたが、外国の文献とかを認めないことはありません。私の今日の発表でいいますと、ヤウスの『挑発としての文学史』が出ています。私の文学研究においても非常に重要な研究で、これが無いとなかなかできなかったと思います。ロマン主義の問題では、翻訳が出てすぐ購入したP・ヴィーレックの『ロマン派からヒットラーへ』やシュペングラーの『西洋の没落』が、非常に大きな意味を持っていたことを「文学史研究へのアプローチ」で書いたことがあります。新しいものを見つけてそれを振り回して裁断していって、なんか新しいものを書けたとみなす風潮がありますが、問題なのは、受け売りや流行を追い、評判だからすぐ読むとか、自分で原文を読まないでやるとか、訳文を使っても構わないが、訳文をもう一度検討してみるのも必要ではないか。私のささやかな例ですが、ドナルド・キーンの文学史が日本語訳になったものを見て、なんかおかしいなと思って原文をみると、やはり間違っているとかね。自分で確かめることが必要です。もうひとつは、我々が学生の頃、昭和二十年前半、一九五〇年の朝鮮戦争が始まった頃、マルクス主義が怒濤の如く入ってきた。それを一日でも早く読むんです。読むと相手を撃破できる。それが新しい理論を身につけたという快感で、負けた時は屈辱で(笑)。相手よりも一日も早く読んでいないと負けたという屈辱がある。それを繰り返しているうちに、六全協が出てきた。拠り所は外国文献に寄りかかっている。全部人の足なんです。人の足で喧嘩に勝ったって自分の足じゃないじゃないかと考えるようになり、それから、大学院へ行って新聞を一枚一枚めくることをはじめたわけでした。それから、作品論についてですが、作品をどういう風に読むか、読み変えるかによって、文学史は変わるのです。ひとつ動けばみんな動く。漱石だけを大きく取り上げてみても、いびつな文学史になるし、漱石を小さくすることもできません。やはり、作品を論じることによって、作品に新たな光があたる時に、文学史の中で新しい魅力を放つんです。そういうものの中で文学史の形は変わるんです。「文学史研究へのアプローチ」の中で書いていることですが、文学史を動かせないような作品論は駄目なのではないかと思います。

谷沢　外国文学との関係ですが、外国文学の理論を論拠にしないことです。例えば、バフチンがこういっているとか、ヴァレリーがこういっているとか、そういう話の運び方に対して、私はどうも肯定的ではありません。しかし、全体の文学論あるいは文学史において、これは外国文学の達成を摂取しないで投げ出すことを意味するわけではありません。小西甚一の『日本文藝史』は、彼のアメリカ留学経験がなければ、出来ていなかったと思います。小西さんはアメリカへ行き、ニュークリティシズムのとことんよいところを摂取し、それを見事に融解して『日本文藝史』を書いたんだと私は理解しています。作品論で他者の「誰だれいわく」などと、それを論拠にすることは果していかがであろうかと思っています。

太田　終了予定の五時を過ぎ、五時三十分になりましたので、会場からももっとご意見をいただきたかったのですが、これで終わりたいと思います。今日は、たくさんの課題が残りました。これからの学際的な方向と日本の近代文学の関係について、例えば、海外との共同研究によって新しい日本の近代文学の研究も可能ではないか。そういう意味では、今度の秋の大会は韓国の研究者との間でひとつの共同の場が設けられております。他にも様々な研究上の形でポストモダンは永遠に繰り返される課題だと思います。今回は特に昭和五十一年のシンポジウム「批評と研究の接点」と同時期に発足した関西支部の活動状況と重ねながら、この三十年間の研究状況を振り返ってきました。大きなテーマは「継承と断絶」でしたが、まず、断絶の前に継承ありきということを含めて、様々な形で谷沢先生、平岡先生に御教示いただいたことを踏まえながら、これからの研究に勤しみたいと思います。本日は、拙い三人の司会者でございましたが、これでお開きにしたいと思います。どうもありがとうございました。

関西支部30年誌コラム

支部大会・全国大会・懇親会

田中励儀

関西支部が正式に発足した一九七九年、大学院を修了し公立高校の教員になったばかりの私は、縁あって運営委員の仕事をさせていただいた。事務局長萬田務氏の号令もと、太田登・澤正宏・池川敬司・村橋春洋の諸氏に私を加えた五名が実務を手伝い、京阪神や奈良の会場校を訪れた。設営が終わると萬田さんにお茶に誘われるので、胸を張って「熱心に発表を聞いた」とは言えないけれど、懇親会や二次会で、谷沢永一先生をはじめとする諸先生の生の声を聴けたのは嬉しかった。

私が事務局を担当していた一九八九年一〇月には、同志社大学で全国大会が開かれた。一大学ではなく関西支部全体として引き受ける形をとったために、支部独自の秋季大会はお休み。支部会員では田中邦夫・北川秋雄・和田博文ほかの諸氏が発表し、盛況を極めた。秋色の京都がひとを惹きつけたのかもしれないが、用意した懇親会が満員で、料理が足りないと不興を買ったことが忘れられない。

会則改正と会報発行

大橋毅彦

現在から見ればちょうどマラソンの折り返し点を過ぎた直後の、一九九五年から九七年までの玉井敬之氏が二度目の支部長を務められた期間は、それまで条件が整わずに見送られてきた案件が実現され、支部の活動に新たなうねりが見えてきた頃だ。その一つが一九八四年より施行されていた支部会則の一部改正。これにより幹事会に新メンバーが漸次加わる体制が整った。また、幹事会と運営委員会との連携が密になり、種々の議論を活発に行う機会も増えた。もう一つは支部会報の発行開始。会員相互の情報交換や専門分野での交流を保証するためにぜひとも必要という幹事会・運営委員会からの呼びかけに応じて、六〇名を越える会員から返事が寄せられ、多様な研究業績を見渡すことのできる会報が刊行されたのは一九九七年五月のこと、翌年の第二号には関西エリアで活動中の各研究会情報も登載されるようになった。

日付のある記憶―事務局メモより

明里千章

●一九九七年五月一〇日、「関西支部会報」第一号を編集発行。●一九九八年五月二五日、伊藤一郎本部事務局長に掛け合い、本部「会報」の「支部だより」スペースを最大一頁分（三段）確保する。本部大会の印象記同様、関西支部でも若手を登用して掲載するため。●七月一四日、秋季城崎大会の案内発送。直後、一人のパネリストからダブルブッキングによる参加不可の通知があり、そのまさに暗夜行路の七〜一〇月。一〇月三一日、秋季大会（甲南大学）は浅野洋、太田登両名の協力による小特集「暗夜行路」で収束。●一九九九年六月一二日、関西支部創設二十周年大会は平岡敏夫氏に基調講演を依頼し、「文学風土としての関西、特集四都物語」（関西大学）と決定。一一月六日、無事終了。●二〇〇〇年六月一〇日、春季大会（奈良大学）で事務局（運営委員長）終了。忘られぬ美酒の乾杯＠懇親会。

はるかな記憶

浅田　隆

すでに一〇年近い歳月が流れぼんやりとした不確かな記憶だが、幹事・運営委員各位の尽力に支えられていたことを特記したい。

支部長着任とともに情報伝達の効率化と、若い研究者の育成、そして文学研究が地盤沈下する世相の中で横のつながりを作ることなどを西尾事務局長と話し合い、信時氏を煩わせてまずホームページの立ち上げに着手。また支部活動記録の蓄積の意味で運営委員諸氏の尽力により『会報』の定期発行が実現した。つぎに浦西氏に編集の中心に座っていただき、関西文学事典シリーズの企画を立ち上げた。私は本務校校務に忙殺され殆んど執筆できなかったが、大阪・滋賀・京都・兵庫と事典シリーズが近々完成すると聞いて感謝している。

また各大学の近代文学ゼミを横に結び、交流を目的とする文学散歩の実現を模索したが昨今の忙しい大学状況下では実現が難しく、企画倒れでお蔵入りになったのは残念だった。

もう一件、他支部との大会の共催案が浮上し積極的に検討した。これも不発に終わったが、再考の余地はあるだろう。

関西府県別文学事典について

西尾宣明

私が、事務局を担当したのは二〇〇〇年度から二〇〇一年度までの二年間である。浅田隆支部長の時代で、関西支部は運営するメンバーの世代が一世代かわった。四月早々に新支部長と難波で会い、関西独自の研究をぜひ支部から発信したいと熱意をもって言われたことを覚えている。関西府県別文学事典の編集である。私は「一〇年仕事だな」とその時直感したが、そのとおりとなった。「大阪」事典は、浦西和彦委員長を中心に関西大学で、また「滋賀」事典は京都駅近くの会館で何度も編集会議を開いた。いずれの事典も、項目選定やランクづけで様々な意見が続出し、また直前で原稿執筆を断念される方が出るなどして、調整のため委員一同奔走したことを記しておきたい。

二〇一〇年に、私が編集委員長の「兵庫」事典と、田中励儀さんが編集委員長の「京都」事典が刊行される予定である。一〇年にわたった支部のプロジェクトがひとまず完結する。

事務局の仕事を減らすための激務？

田口道昭

忙しさにかこつけて学会への出席率もあまりよくなかった私でしたが、なぜか事務局運営委員長を引き受けることになってしまいました。その際、考えたのは、繁雑な仕事を運営委員一人一人で分担することと、議事録などの書類の書式や規格を整理し、事務の仕事をより簡略化することでした。要するに、何かと増えていく事務局の負担を少しでも減らそうとしたわけです。事務局の連絡もメールでのやりとりが当たり前になり、その点でも以前の運営委員長の方々よりも楽をさせていただいたのではないかと思います。負担軽減策は、従来の運営委員会、幹事会を一本化することにも及びました（幹事の方には負担増加？）。その背景には、国文系学科の縮小が進む中で、ますます負担が大きくなる運営委員の仕事を軽減しようという意図もありました。そのための議論を支部長をはじめ運営委員の皆さんとしたことが印象に残っています。

ブックレット『鉄道―関西近代のマトリクス』の発刊

増田周子

私の事務局時代は、関西支部三〇周年を目前にして、様々な企画が準備され、進行しつつある貴重な時であった。『京都近代文学事典』、『兵庫近代文学事典』の出版計画を進めた。編集委員の皆と何十回も集まり、立案していったのを記憶している。とにかく活気に満ちあふれ、充実していた。支部の企画した大会特集で、はじめて、ブックレット『鉄道―関西近代のマトリクス』を作成した。二〇〇七年春季大会の報告書であるが、大会は、学会外からもパネラーをお迎えし、二四〇名を越える参加者で埋め尽くされた。一般市民からも反響があったのを記憶している。支部学会も日本近代文学研究の進展や普及に、多少なりとも貢献でき、事務局として微力ながら、協力できたことは実に喜ばしい限りであった。支部の企画を、快く出版して下さった和泉書院様、当時一緒に支部学会を盛り立てるために尽力した運営委員、事典編集委員の皆様方に心より御礼申し上げます。

関西支部創設30周年の記録（二〇〇九年一〇月現在）

太田　登　編

【前史】一九七一年（昭和46）九月に日本近代文学会秋季大会が立命館大学で開催されるに先立って「関西在住有志懇談会」が開かれ、約二〇名の研究者が参加した。そして一九七七年（昭和52）一〇月に甲南女子大学で日本近代文学会秋季大会が開催された直後に支部結成の気運が高まり、翌一九七八年（昭和53）春に第一回の支部結成準備大会が甲南女子大学で開催され、藤本千鶴子、嘉部嘉隆の研究発表があった。同年秋に第二回の支部結成準備大会が武庫川女子大学で開催され、冨田都志、芦谷信和の研究発表があり、垣田時也、川口朗、相馬庸郎、谷沢永一、辻橋三郎、西垣勤、水谷昭夫、森本修、山田博光、和田繁二郎、萬田務、吉田永宏らのメンバーに支部結成の運営が一任された。それをうけて一九七九年（昭和54）五月一九日、大阪樟蔭女子大学で第三回の支部結成準備大会が開催され、谷沢永一、中山栄暁、鈴木昭一らの研究発表があり、支部の会則案が協議された。学会本部には垣田時也を支部長とし、事務局を甲南女子大学に設置、吉田永宏、萬田務がその任にあたる旨が報告され、日本近代文学会関西支部として正式に発足が認められた。

1979年・昭和54　垣田時也支部長・事務局：甲南女子大学、吉田永宏、萬田務

秋季11・10関西大学（第1回支部大会）　田中励儀、上田博、村橋春洋、北野昭彦、塚田満江

1980年・昭和55　垣田時也支部長・事務局：甲南女子大学、吉田永宏、萬田務　会員数94名

春季6・14相愛女子短期大学　越前谷宏、橋本威、川端俊英、講演：中野恵海

秋季11・15同志社大学　和田芳英、木股知史、太田登、山本洋

1981年・昭和56　垣田時也支部長・事務局：京都橘女子大学（萬田務）

春季6・13橘女子大学　永橋豊、仲秀和、沢正宏、萬田務

秋季11・14帝塚山短期大学　（シンポジウム1「こころ」）佐藤泰正、谷沢永一、浅田隆、司会：玉井敬之　講演：鈴木昭一

1982年・昭和57　垣田時也支部長・事務局：橘女子大学（萬田務）

春季6・12　大阪教育大学　中尾務、福元政司、角田敏郎、

壇原みすず

秋季11・6神戸松蔭女子大学　（シンポジウム2「舞姫」）長谷川泉、山﨑國紀、嘉部嘉隆、司会：谷沢永一

1983年・昭和58　和田繁二郎支部長・事務局：橘女子大学（萬田務）

春季6・11帝塚山学院大学　不明

秋季11・5立命館大学　（シンポジウム3「或る女」）紅野敏郎、西垣勤、福本彰、司会：内田満　講演：山本捨三

1984年・昭和59　和田繁二郎支部長・事務局：天理大学（太田登）　会員数130名

春季6・9武庫川女子大学　林正子、片山宏行、青木稔弥、林原純生　講演：古田嘉雄

秋季11・10大阪樟蔭女子大学　（シンポジウム4「人間失格」）東郷克美、法橋和彦、村橋春洋、司会：山内祥史

＊秋季大会の総会で会則を改正し、支部運営のための維持費（1口年額2000円）導入を決定。

1985年・昭和60　玉井敬之支部長・事務局：天理大学（太田登）

春季6・8池坊短期大学　森﨑光子、北川秋雄、池川敬司、堀部功夫、講演：玉井敬之

秋季11・9神戸女学院大学　（シンポジウム5「羅生門」）関口安義、笠井秋生、清水康次、司会：萬田務

1986年・昭和61　玉井敬之支部長・事務局：天理大学（太田登）

春季6・14相愛女子短期大学　和田博文、福元政司、和田芳英、田中邦夫、講演：塚田満江

秋季11・8平安女学院短期大学　（シンポジウム6「たけくらべ」）山田有策、山根賢吉、橋本威、司会：玉井敬之

1987年・昭和62　川口朗支部長・事務局：橘女子大学（萬田務）

春季6・13園田女子短期大学　山﨑澄子、小川直美、木村有美子、槌賀七代

秋季11・14大谷女子大学　（シンポジウム7「浮雲」）畑有三、田中邦夫、木村有美子、司会：北野昭彦

1988年・昭和63　川口朗支部長・事務局：同志社大学（田中励儀）

春季6・11奈良大学　須田千里、村橋春洋、安森敏隆、浅田隆

秋季11・12甲南大学　（シンポジウム8「山月記」）鷺只雄、木村一信、濱川勝彦、司会：吉田永宏

1989・昭和64（平成1）　川口朗支部長・事務局：同志社大学（田中励儀）　会員数180名

春季6・10金蘭短期大学　広瀬朱実、寺沢浩樹、槙山朋子、宮川康

秋季10・28〜29　同志社大学　（日本近代文学会秋季大会のため支部大会は中止）

1990・平成2　川口朗支部長・事務局：武庫川女子大学

（たつみ都志）　会員数193名
春季６・９大谷大学　澤美香代、上田正、宮本正章、源高根
秋季11・10関西学院大学　（シンポジウム９「桜の森の満開の下」）和田博文、浅子逸男、曾根博義、司会：玉置邦雄
１９９１年・平成３　川口朗支部長・角田敏郎支部長・事務局：武庫川女子大学（たつみ都志）
春季６・８関西大学　真銅正宏、入柿徹、黒田大河、湯浅かをり
秋季11・９花園大学　（シンポジウム10「金閣寺」）松本徹、西本匡克、佐藤秀明、司会：山﨑國紀
１９９２年・平成４　角田敏郎支部長・事務局：大阪樟蔭女子大学（嘉部嘉隆）
春季６・13梅花女子大学　山本欣司、今野ゆかり、和田芳英、久保田暁一
秋季11・14帝塚山短期大学　（シンポジウム11「吉野葛」）千葉俊二、細江光、たつみ都志、司会：浅田　隆
１９９３・平成５　角田敏郎支部長・山根賢吉支部長・事務局：大阪樟蔭女子大学（嘉部嘉隆）
春季６・12龍谷大学　本田和彦、明里千章、村上林造、木村功、福地邦樹
秋季11・13甲南女子大学　（シンポジウム12「春」）滝藤満義、鈴木昭一、髙阪薫、司会：垣田時也
１９９４年・平成６　山根賢吉支部長・事務局：甲南女子大学（山根賢吉）　会員数216名
春季６・11奈良教育大学　箕野聡子、山口直孝、笹田和子
秋季11・12大阪教育大学　（シンポジウム13「一握の砂」）木股知史、太田登、昆豊、司会：上田博
＊このシンポジウムをもって支部創設いらい秋季大会に開催してきた作品別のシンポジウムを終了する。なおシンポジウムの内容はすべて「解釈と鑑賞」（至文堂）に掲載された。
１９９５年・平成７　山根賢吉支部長、玉井敬之支部長・事務局：甲南女子大学（大橋毅彦）
春季６・10立命館大学　三重野由加、渡辺順子、杣谷英紀、三谷憲正
秋季11・11武庫川女子大学　青田寿美、荻原桂子、杉田智美、増田周子
＊玉井支部長が山根支部長から10年ぶりに再度の支部長を引き受けたのは、関西支部の運営を活性化するためであった。秋季大会で、支部創立いらい固定化されていた幹事に、中堅の９名を補充。
１９９６年・平成８　玉井敬之支部長・事務局：甲南女子大学（大橋毅彦）
春季６・８相愛女子短期大学　奈良崎英穂、中谷元宣、磯田知子、信時哲郎
秋季11・９花園大学　永淵朋枝、屋木瑞穂、笹田和子、鳥居真知子
＊秋季大会の幹事会で、次期の支部長および幹事改選

のための詮衡委員会を設置することが決まる。（委員：芦屋信和、太田登、たつみ都志、大橋毅彦）

1997年・平成9　玉井敬之支部長・事務局：甲南女子大学（大橋毅彦）／髙阪薫支部長・事務局：金蘭短期大学（明里千章）

＊日本近代文学会関西支部「会報」第1号を5月10日に発行。5月17日の詮衡委員会で、新支部長に髙阪薫氏を候補として選出。あわせて新幹事の補充5名を選出。

春季6・14神戸山手女子短期大学　内倉尚嗣、森本智子、中田睦美、田中励儀

＊春季大会の総会で、会則に基づき、創立以来の幹事13名が任期満了にともない退任。

秋季11・8大阪商業大学　和田圭樹、中村美子、湯淺かをり、渡邊ルリ

＊秋季大会の幹事会で、作品、作家にかかわりの深い現地での大会開催が提案される。

1998年・平成10　髙阪薫支部長・事務局：金蘭短期大学（明里千章）　会員数284名

＊2月、秋季大会を城崎で開催することが決定。

＊日本近代文学会関西支部「会報」第2号を5月10日に発行。

春季6・13関西学院大学　杲由美、大久保健治、北川扶生子、齋藤勝、北川秋雄

＊8月2日の臨時幹事会で、城崎大会の中止を決定。

秋季10・31甲南大学　澤田由紀子、小橋孝子、（小特集「暗夜行路」浅野洋、太田登）

1999年・平成11　髙阪薫支部長・事務局：金蘭短期大学（明里千章）

＊日本近代文学会関西支部「会報」第3号を5月10日に発行。

春季6・12龍谷大学　石谷春樹、島村健司、矢本浩司、小谷口綾、倉西聡

秋季11・6関西大学　支部創立20周年記念大会（講演：平岡敏夫、特集「四都物語」北野昭彦、中谷元宣、渡辺順子、浅田隆、司会：和田博文）

2000年・平成12　浅田隆支部長・事務局：プール学院大学（西尾宣明）

＊日本近代文学会関西支部「会報」第4号を5月10日に発行

春季6・10奈良大学　荻原桂子、荒井真理亜、永井敦子、藤本寿彦

＊春季大会の幹事会で、ホームページの開設や関西府県別事典の刊行などの企画が検討される。

秋季11・4甲南女子大学　東口昌央、諸岡知徳、外村彰、三品理絵、木村功

＊兵庫県、大阪府、京都府、滋賀県の府県別事典の窓口担当者が決まる。

2001年・平成13　浅田隆支部長・事務局：プール学院大学（西尾宣明）　会員数272名

＊日本近代文学会関西支部のホームページの開設

春季６・９佛教大学　井田望、斎藤理生、髙場秀樹、木田隆文

＊春季大会の幹事会および総会で、府県別の編集委員を了承。

＊日本近代文学会関西支部「会報」第５号を６月30日に発行

秋季10・13帝塚山学院大学　木谷真紀子、足立直子、青木京子、渡邊ルリ

２００２年・平成14　浅田隆支部長・事務局：佛教大学（坂井健）

＊日本近代文学会関西支部「会報」第６号を７月31日に発行

春季６・８関西学院大学　岡崎昌宏、中村研士、重松恵美、干進江

秋季11・２奈良教育大学　亀井千明、長原しのぶ、石上敏、浅野洋

２００３年・平成15　浅田隆支部長・事務局：仏教大学（坂井健）

春季６・14同志社大学　西村将洋、河野育子、弥頭直哉、出原隆俊

＊日本近代文学会関西支部「会報」第７号を８月30日に発行

秋季10・18大阪樟蔭女子大学　西垣尚子、村田裕和、湯淺かをり、野口裕子

２００４年・平成16年　太田登支部長・事務局：神戸山手短期大学（田口道昭）　会員数274名

春季６・12神戸大学　田中葵、出光公治、金岡直子、奈良崎英穂

＊支部長提案として大会の企画委員会を設置。

＊日本近代文学会が業務委託していた財団法人日本学会センターが８月に破産宣告。

＊日本近代文学会関西支部「会報」第８号を８月30日に発行

秋季10・９佛教大学　岸元次子、内藤由直、熊谷昭宏、講演：浅田隆

＊日本近代文学会秋季大会が10月17日に奈良大学で開催される。

２００５年・平成17　太田登支部長・事務局：神戸山手短期大学（田口道昭）

＊日本近代文学会関西支部・大阪近代文学事典編集委員会編『大阪近代文学事典』（和泉書院）が５月20日に刊行。

春季６・11近畿大学　（特集「研究としての事典―『大阪近代文学事典』刊行を記念して」中谷元宣、宮川康、増田周子、紅野謙介、司会：佐藤秀明）

＊日本近代文学会関西支部「会報」第９号を８月30日に発行

＊『日本近代文学』第73集（10月15日）に春季大会の内容が小特集として掲載。

＊『いずみ通信』（和泉書院）№33に春季大会の内容が小特集として掲載。

秋季11・27奈良女子大学　青木亮人、楠井清文（シンポジウム「文学はいかに精読しうるか？─「卍」への接近／「卍」のからの発信」飯田祐子、真銅正宏、金子明雄、司会：日高佳紀、杉田智美）

2006年・平成18　太田登支部長・事務局：関西大学（増田周子）

＊「解釈と鑑賞」6月号に2005年度秋季大会のシンポジウムの内容が掲載。

春季6・10関西学院大学　（シンポジウム：戦時下における中国と日本の文学的通路を考える─「上海」を視座として」松本陽子、黒田大河、劉建輝、司会：大橋毅彦、木田隆文）

＊春季大会の総会で、京都府、兵庫県の編集委員会の再編が承認。従来の幹事会を解消し、支部運営を運営委員会に一本化した。

＊日本近代文学会関西支部「会報」第10号を8月30日に発行

秋季11・11京都大学　佐藤淳、足立匡敏、松枝誠、天野知幸

2007年・平成19　太田登支部長・事務局：関西大学（増田周子）

春季6・9大阪大学　（シンポジウム「鉄道─関西近代のマトリクス」浦谷一弘、田中励儀、田口律男、原武史、司会：日比嘉高、天野勝重）

＊日本近代文学会関西支部「会報」第11号を9月30日に発行

＊日本近代文学会秋季大会が10月27日〜28日に立命館大学で開催される。

＊日本近代文学会関西支部編『鉄道─関西近代のマトリクス』（和泉書院）がいずみブックレット1として11月10日に刊行。

秋季11・10天理大学　坂井二三絵、権藤愛順、井迫洋一郎、渡邊ルリ

＊秋季大会の臨時総会で、次期支部長として浅野洋氏を選出。

2008年・平成20　浅野洋支部長・事務局：近畿大学（佐藤秀明）

＊日本近代文学会関西支部の公式ブログが1月12日に開設。

春季6・14花園大学　（シンポジウム：近代文学のなかの〝関西弁〟─語る関西／語られる関西）宮川康、花﨑育代、木谷真紀子、井上章一、司会：島村健司、熊谷昭宏）

秋季11・8近畿大学　池田啓悟、田中裕也（特集：樋口一葉─縛られた〈一葉〉、放たれる〈テクスト〉）小森陽一、笹尾佳代、山本欣司、水野亜紀子、佐伯順子

＊日本近代文学会関西支部編『近代文学のなかの〝関西弁〟─語る関西／語られる関西─』（和泉書院）が

いずみブックレット2として11月8日に刊行。
＊日本近代文学会関西支部滋賀近代文学事典編集委員会編『滋賀近代文学事典』（和泉書院）が11月20日に刊行。

2009年・平成21　浅野洋支部長・事務局：近畿大学（佐藤秀明）

春季6・13近畿大学　（関西支部創設30周年記念シンポジウム「文学研究における継承と断絶―関西支部草創期から見返す―」）講演：谷沢永一、平岡敏夫、司会・ディスカッサント：太田登、田中励儀、浅野洋
＊日本近代文学会関西支部の新規の公式ｂｌｏｇが8月3日からオープン。
＊日本近代文学会関西支部編『文学研究における継承と断絶―関西支部草創期から見返す―』（和泉書院）がいずみブックレット5として11月上旬刊行予定（本誌）。
＊秋季大会は、二〇〇九年一一月七日（土）、八日（日）に関西大学で開催予定。これも関西支部創設30周年記念行事の一環として、特集「海を越えた文学（1）―日韓を軸として―」と題して、韓国日本近代文学会と関西支部の日韓共同開催で行う。七日は李貞熙氏、許昊氏、中根隆之氏、三谷憲正氏の研究発表、作家玄月氏の講演、八日は秋吉大輔氏、山田哲久氏、楠井清文氏の研究発表が予定されている。

（付記）関西支部30周年の記録作成企画委員として明里千章、大橋毅彦、田中励儀、西尾宣明、太田登が浅野洋支部長から委嘱され、明里千章作成の「関西支部20年クロニクル」、太田登作成「日本近代文学会関西支部創立30周年の記録」などを参考に本記録を編集した。（太田）

あとがき

このブックレットは、二〇〇九年六月一三日（土）に近畿大学で開催された二〇〇九年度春季大会・関西支部創設30周年記念シンポジウム「文学研究における継承と断絶—関西支部草創期から見返す—」の記録である。谷沢永一氏、平岡敏夫氏のご講演とその後のシンポジウムを含む約四時間余をほぼ完全に再現した（当日、総合司会を明里千章、録音を内藤由直氏、写真を西尾元伸氏が担当）。そして巻末に「関西支部30年誌コラム」と「関西支部創設30周年の記録」を資料として載せた。

このブックレットは以下の如く編集された。まず、録音から原稿起こしの作業は、最初の浅野洋氏の趣旨説明を明里が、谷沢永一氏のご講演を荒井真理亜氏が、平岡敏夫氏のご講演を宮園美佳氏が、そして質疑応答を含むシンポジウムを中田睦美氏が担当した。ご講演のお二方には起こした原稿をお送りし加筆あるいは削除訂正していただいた上、入稿した。シンポジウムの原稿は明里が削除整理して入稿した。「関西支部30年誌コラム」と「関西支部創設30周年の記録」は当初は別立ての小冊子を計画したが、30年クロニクルは支部草創期から見返す春季大会の「ブックレット」に添付するのがむしろ相応しいと判断して巻末に入れた。「コラム」は事務局経験者の大橋毅彦氏と西尾宣明氏に原稿の取りまとめをお願いした。「記録」の方は「関西支部20年クロニクル」（明里作成）と太田登氏作成の30周年の記録をもとに、太田氏に新たに書いていただいたものに、校正段階で一部明里が加筆した。正確を期するために、ご講演者以下、すべての方に初校をお送りし校正をお願いした。ブックレット全体の再校以降は明里が担当した。

シンポジウムは成功裏に終わった。その趣旨は巻頭の浅野氏のコメントに尽きていて、更に付け加えることはない。些か個人的な感想を許されたい。私は学部時代に三好行雄氏の芥川龍之介論の講義を聴いた。天沼のお宅を訪ねたとき、玄関先に漱石全集他が乱雑に散らかっているのを見て、これが学者の家だと感動したのを覚えている。三好行雄著作集刊行委員会のトップに私の名がある（単に五十音順ということで…）。また、越智治雄氏の『虞美人草』の演習には昂奮した。大学院の戯曲研究の授業では演劇集団「円」の『夜叉ヶ池』を一緒に観た。新宿・大宗寺での葬儀では下足番をした。その後関西に帰郷して、研究の真似事をしている私には今回のシンポジウムは本当に感慨深かった。

谷沢氏のご講演のなかの、「支部長というのは名誉職などでは決してなく、むしろ関西の研究者へのサービス、奉仕であります」という言葉が、何故か妙に耳について離れないでいる。

このシンポジウムとブックレットは谷沢永一氏、平岡敏夫氏、太田登氏、田中励儀氏、浅野洋氏、そして佐藤秀明運営委員長をはじめとする近畿大学の皆様と運営委員の貢献と、和泉書院の協力無くしては実現できなかった。皆様、有難うございました。

日本近代文学会関西支部運営委員ブックレット編集担当　明里千章

■執筆者紹介

浅野　洋（あさの　よう）　近畿大学教授
谷沢永一（たにざわ　えいいち）　関西大学名誉教授
平岡敏夫（ひらおか　としお）　筑波大学名誉教授
太田　登（おおた　のぼる）　台湾大学教授
田中励儀（たなか　れいぎ）　同志社大学教授
大橋毅彦（おおはし　たけひこ）　関西学院大学教授
明里千章（あかり　ちあき）　千里金蘭大学教授
浅田　隆（あさだ　たかし）　奈良大学名誉教授
西尾宣明（にしお　のぶあき）　プール学院大学教授
田口道昭（たぐち　みちあき）　神戸山手短期大学准教授
増田周子（ますだ　ちかこ）　関西大学教授

いずみブックレット5

文学研究における継承と断絶
―関西支部草創期から見返す―

二〇〇九年一一月一〇日　初版第一刷発行©

編　者　日本近代文学会 関西支部
発行者　廣橋研三
発行所　和泉書院
〒543-0002　大阪市天王寺区上汐五―三―八
電話　〇六―六七七一―一四六七
振替　〇〇九七〇―八―一五〇四三

印刷・製本　シナノ

ISBN978-4-7576-0533-6　C1395

日本近代文学会関西支部編

鉄道

関西近代のマトリクス

いずみブックレット1

■A5並製・六四頁・定価九四五円（本体九〇〇円）

ISBN978-4-7576-0437-7

関西鉄道の発達は、いかに文学作品を変容させていったのか。その「文化の往還」をさぐる画期的シンポジウム成果を、日本近代文学会関西支部が二〇〇七年秋ここに提供！　鉄道と文学のコラボレーションから見えてくる真実にせまる！

〔内容目次〕刊行の挨拶　**太田登**／企画のことば―鉄道は文学に何を運んだか―　**日比嘉高・天野勝重**／蒼井雄「船富家の惨劇」の時刻表トリック　**浦谷一弘**／関西の鉄道と泉鏡花　**田中励儀**／「関西」と「鉄道」のディスポジション―横光利一の場合―　**田口律男**／関西私鉄をめぐる断想―三人のご報告を拝聴して―　**原武史**／企画を終えて―質疑応答の報告と展望―　**天野勝重・日高佳紀・日比嘉高**／あとがき　**増田周子**

日本近代文学会関西支部編

近代文学のなかの〝関西弁〟

語る関西／語られる関西

いずみブックレット3

■A5並製・七五頁・定価一一五五円（本体一一〇〇円）

ISBN978-4-7576-0491-9

二〇〇八年、花園大学で行われた日本近代文学会関西支部春季大会の成果を収める。近代文学とことば、地域文化とのかかわりを、標準語の土台となった地域とは異なる「関西」という言語文化圏で培われた〝関西弁〟を交差地点として新たにとらえなおす。

〔内容目次〕企画のことば―〝関西弁〟で近代文学へ問いかける―　**熊谷昭宏・島村健司・宮薗美佳**／織田作之助の関西弁―『夫婦善哉』の〈地の文〉の成立と意味―　**宮川康**／〝関西弁〟からみる大岡昇平の文学　**花﨑育代**／三島由紀夫『絹と明察』論　**木谷真紀子**／阪神間モダニズム再考　**井上章一**／企画を終えて―質疑応答の報告と展望―　**熊谷昭宏・島村健司・宮薗美佳**／あとがき　**佐藤秀明**